我、過《あやま》てり

仁木英之

時代小説文庫

角川春樹事務所

目次

第一話　独眼竜点睛《てんせい》を欠く

一

自分のような竜《りゅう》の子でもままならないことはいくつもある。しみじみ米沢《よねざわ》の城下を見下ろしていた伊達《だて》政宗《まさむね》は、苦々しげに舌打ちをした。

南奥羽《みなみおうう》の広大な大地をわが手に握るには、多くの障壁があった。最上《もがみ》や蘆名《あしな》といった百戦錬磨の強者《つわもの》たちは、竜たる我に抗《あらが》う虎狼《ころう》と言ってよかった。

「甲斐《かい》からの客を迎えてから、いささか様子がおかしゅうございますぞ」

政宗は腹心の声に振り向いた。疱瘡《ほうそう》で片眼《かため》を失った代わりに英傑《えいけつ》の異相となっている。数日前武田《たけだ》の旧臣甘利《あまり》家の者と名乗る老人が甲斐から訪れ、先ほどまで信玄《しんげん》の戦や政《まつりごと》について話を聞いていた。信玄の快進撃は政宗の憧《あこが》れるところだ。

しかし、武田家は信玄の死後間もなく滅亡している。政宗はそのしくじりだけは真《ま》似《ね》すまいと心に決めていた。

「かた小《ご》め、せっかく気持ちよく浸《ひた》っていたものを」

かた小こと片倉小十郎景綱《かたくらこじゅうろうかげつな》は、伊達政宗の重臣の一人だ。景綱の姉、喜多《きた》が政宗の乳母《うば》を命じられて以来、乳兄弟として実の兄弟のように育った。それだけに私の場では遠慮がない。

「確かに、出羽《でわ》の竜が甲斐の虎《とら》の過《あやま》ちを思うことは我ら家臣にとっても良きことかもしれませぬな」

愛嬌《あいきょう》と聡明《そうめい》さがきらめく丸い顔の下にしたたかさを隠し、側近は主君をからかった。

「ごしっぱらげる」

腹が立つと文句を言いつつも、盃《さかずき》を干《ほ》して景綱にも勧《すす》めた。

「酒に逃げている場合ではありませんぞ」

景綱も渋面《じゅうめん》のまま盃に口をつけた。

「逃げているのではない。竜は淵《ふち》に沈んで思い、空を翔《か》けてその大志を天下に開陳する。そのためには酒精の勢いも借りねばならぬということだ」

「軽口の走る時は心が重い時ですな」

政宗の前には一通の書状が丁寧《ていねい》に畳《たた》まれて置かれている。その内容を景綱もよく知っている。豊臣秀吉《とよとみひでよし》から送られてきたものだ。

時は天正《てんしょう》十五（一五八七）年もそろそろ暮れようかという頃《ころ》だ。米沢はひんやりとした冬の気配に包まれているが、久方ぶりにうららかなほどの日差しに恵まれていた。厳しい冬には慣れているが、今年は夏秋の恵みが乏《とぼ》しい中、より寒さがこたえる日々が続いていた。

「これをどう見る？」

景綱はすぐには答えなかった。いつもなら打てば響く勢いで答えていただろう。それが政宗との常だったが、此度《こたび》だけはそうはいかない。

「遠く京から我らに指図する。秀吉とはそれほどまでの男なのか？」

伊達氏は東北の名族、大崎《おおさき》氏を没落させて支配下におき、栄《は》えある奥州探題《おうしゅうたんだい》の名を祖父の晴宗《はるむね》が奪った。政宗は生まれた時から東北最大の実力者の一員だった。ただ、最大であるからといって、全《すべ》てが思い通りになるわけではない。

政宗が珍しくその断を迷い、そして景綱もその迷いを受け止めて支える策を吐けないでいる。

「惣無事《そうぶじ》か……」

その言葉自体は聞き覚えがない、というほど縁遠いわけではない。

「使者の話を聞いたのは小十郎だな」

「ええ、私がうかがいました」

「お前がきっちり伝えてくれんと断も下せないではないか」

豊臣秀吉のもとから遣わされてきたのは、富田《とみた》一白《いっぱく》という男だった。織田信長《おだのぶなが》の馬廻《うままわり》として名を上げ、主君が横死した後は秀吉に仕《つか》えている。

「近江《おうみ》の土豪の出で、智勇《ちゆう》に優れておりますな」

「智勇に優れた者なら意図を間違いなく、明瞭《めいりよう》に伝えてくるだろう」

「確かに明瞭でしたよ」

景綱はため息をついた。

「惣無事に背《そむ》かぬよう、と申しておりました」

「それは誰《だれ》の言葉なのだ。豊臣なのか、それとも朝廷なのか」

それは景綱にもはっきりとはわからなかった。

もちろん富田一白にはその旨《むね》を問いただしてはいる。だが、彼は公儀の意志であるというだけで、それ以上は質問を許さぬ気配になった。

使者と取次のやりとりは忌憚《きたん》のない意見を取り交《か》わす場でもある。主君の命を受けて交渉に当たるわけだから、腹を割ることも大切だが互いの面子《めんつ》も立てなければならない。

景綱は悔しいことに相手の気迫にやや押されていた。

「ほれ、取次がそんなことだから」

今度は政宗がからかうように言った。

「わしが空を見て甲斐の虎を思うくらいで文句を言うな」

景綱も苦笑しながら、腹の立つ男め、と口の中で毒づいた。

もちろん、軽口を叩《たた》いている間にも、独眼竜の頭の中では東北の情勢とはるか遠い都の権力者の謀《はかりごと》、そして関東の風雲が渦《うず》を巻いているはずであった。

「ただの成りあがり者ではないことは確かです」

「で、あろうよ」

豊臣秀吉という素性《すじよう》も知れぬ軽輩からのし上がった男が、織田家の重鎮となって主君の仇《あだ》を討ち、今や天下の号令をかけている。中国、九州への猛烈な攻勢を見てもその勢いはただならぬものがある。

織田家との付き合いはあったが、政宗にとってより近いのは小田原《おだわら》の北条《ほうじよう》であった。彼らは伊達家と険悪な間柄《あいだがら》にある佐竹《さたけ》家と争っている。親しくしておくのは当然の手配だった。

天正十五年、伊達以外で最も激しく争いごとを為《な》しているのは最上と越後《えちご》の上杉《うえすぎ》であった。正確には、越後上杉の重臣である本庄繁長《ほんじようしげなが》との間で庄内平《しようないだいら》を巡る諍《いさか》いが起きているのだ。

「秀吉がこんなことを言ってきているのは越後と出羽が揉《も》めていることへの牽制《けんせい》かな」

「いや殿、我らに言ってきているのですから」

「我らの戦は私戦ではないぞ」

「我らにとっては、ですな」

政宗と景綱をはじめ伊達家としてすべきことは、米沢とその周囲の利益を侵《おか》そうとする者を退《しりぞ》けることだ。目下の最大の問題は、蘆名家の後継争いに互いに介入したことから勃発《ぼっぱつ》した佐竹義重《よししげ》との戦いだ。

東北の諸侯にとっては、伊達につくのか蘆名や最上につくのか、または北関東常陸《ひたち》の佐竹の命を受けるかでその行く末は大きく変わる。下につく者もその上に立つ者も、互いの権益を守るために必死だった。

そんな折、蘆名家中《かちゅう》で跡継ぎを巡って騒動が起きた。

「これは佐竹の策謀に違いない」

南奥羽での勢力拡大を狙《ねら》う佐竹義重が蘆名の当主に実子を擁立《ようりつ》したことは、政宗を激怒させていた。だが、政宗は表立って荒れたりすることは少ない。ただ、戦の中で必要だと考えれば根切りもする。舐《な》められては奥羽の天地でやっていけない。

「こちらには父上が蘆名と残した約があるというのにな」

伊達輝宗《てるむね》と蘆名盛氏《もりうじ》は政宗の弟、小次郎《こじろう》を蘆名の家に入れて変事があればその当主とし、伊達がその後ろ盾となるように話をつけていた。政宗もその書状を見たことがあるし、実際に彼自身も蘆名方との折衝《せっしょう》に当たっている。

二人は慎重に検討した後に、秀吉の書状は佐竹義重の謀であるとの結論を下した。これまでも戦が長きにわたった際に、朝廷や将軍の名を借りて停戦の名目としたことはあった。

「こういう小賢《こざか》しい謀を仕掛けてくるのは平六《へいろく》だろう」

平六というのは金上盛備《かながみもりはる》の呼び名だ。

蘆名家には大別して二つの勢力がある。猪苗代《いなわしろ》、富田《とみた》といった二本松城《にほんまつじょう》近くを治める諸氏と、越後北部の蒲原《かんばら》郡に城を構える金上盛備を中心とする一派だ。伊達家は米沢に近いという地理的なことからも、猪苗代氏や、安積《あさか》郡の会津《あいづ》富田氏と近しい。

「狸《たぬき》め」

政宗は忌々《いまいま》しそうに舌打ちをする。自分よりも四十も年長で、祖父の代から会津を巡って丁々発止《ちょうちょうはっし》の争いを続けてきた仲である。もちろん、同盟を結んでいたこともあるから、政宗とも親しく言葉を交わしている。

「まさか家を割るようなことはしないと思っていましたが……」

景綱は金森盛備が蘆名家中で支持を得ていないことを摑《つか》んでいた。

主家四代に仕え続け、その功績で家中に勝る者はいない。その功績と声望なりの行いがあればよいのだが、家中で横暴の振る舞いが目立つとのことだった。

「父上にはもう少し生きていてもらいたかったがな」

父輝宗の死は、伊達家と周囲の関係を一挙に悪化させた。佐竹義重による奥州介入が激しさを増し、その調略によって石川昭光《いしかわあきみつ》などが離反してしまった。

「もしかしたら、父君の重みがなにがしかの妨《さまた》げになったかもしれませんよ」

「……お前な」

「そういう風評も流されています。行いは慎重にいたしませぬと」

「気を付けておるわ。さて、どうする。無駄口もこれほど叩き合えば策も出よう」

景綱の腹は決まっていた。そして政宗も既に心の中で断を下しているのはわかっている。

「蘆名家を我が物にせんとする金上平六、さらに伊達と蘆名の間を裂こうとする佐竹常陸介《ひたちのすけ》（義重）の無道を見過ごすことはできん」

政宗は書状にもう一度目を通し、そして景綱にしまうよう命じた。

「惣無事はもちろん、我らの目指すべきところだ。だが、京儀《きょうぎ》に厄介《やっかい》をかけるものではない。奥羽のことは奥羽の者で始末をつけよう」

二

もちろん、都での政を無視するわけにもいかない。「京儀」が奥羽の戦や揉め事を止めたことも何度も見てきた。だが、それぞれ故があって戦になっているわけで、それを頭ごなしに私戦と決めつけられても困る。

政宗はさらに西の情勢を見極めようと懸命に努《つと》めた。

天正十四年から秀吉は九州征伐《せいばつ》に全力を挙げている。政宗は九州に知るところは少ないながらも、奥羽と同じく無数の諸侯が割拠し、統一することは容易《ようい》でないと理解していたが、天正十五年に入って南九州随一の勢威を誇っていた島津《しまづ》が屈服したことは政宗にも衝撃を与えていた。

「だが、このままずんなりとはいくまい」

その予想通り、肥後《ひご》で大規模な国人一揆《こくじんいっき》が起き、薩摩《さつま》でも情勢は落ち着かない。秀吉は大軍を再び西に動かしており、関東に手を伸ばせるのはまだ先の話だろう。その前に、奥羽の伊達と関東の北条で政宗の考えるなりの「惣無事」を固めておきたかった。

「そのためには常陸を抑えねばならんが、その前に紫波《しわ》を攻める」

諸将に号令を下した政宗は、自ら兵を率《ひき》いて北上する勢いを示した。陸中《りくちゅう》紫波の大崎氏は伊達家が勃興《ぼっこう》する前の奥州探題であり、伊達家がその地位を奪った形となったことから関係は悪い。

しかし、伊達が軍勢を北に向けたとみるや、最上義光《よしあき》がきな臭い動きを見せた。政宗は米沢から動けなくなり、主力の一部一万人の兵を、大崎の居城へと送り込んだ。とはいうものの、戦は相手の出方次第である。

奥州の諸侯は互いに争いと和睦《わぼく》を繰り返し、そのたびに婚姻《こんいん》などを結んで血縁関係は濃いものとなっている。その関係は何世代にも及び、親族同士が戦うことも珍しくない。

戦の仲介をする存在は他の地域でも見られるが、南奥羽ではその役割を、対峙《たいじ》している双方に繋《つな》がりのある有力者が務めた。それを「中人《ちゅうじん》」という。だが「中人」が登場するのは戦で勝敗が明らかになるか、膠着《こうちゃく》した後だ。

奥州の戦は相手を滅亡させるためのものであることは少なかった。むしろ政宗は最上義光が戦の途中で和睦を仲介する「中人」になってくれないかと期待していたが、政宗の期待したようには戦は進まなかった。

内紛で弱くなっているはずの大崎兵は強く、中新田城《なかにいだじょう》に籠《こも》って頑強に抵抗した。城攻めはもとより厳しい戦いとなるが、城は鳴瀬《なるせ》川《がわ》と田川《たがわ》の合流部にあり、攻め口は湿田で身動きがとりづらくなっていた。その伊達軍めがけて、あてにしていた黒川晴氏《くろかわはるうじ》の軍勢が襲い掛かったのである。

晴氏は伊達側の将、留守《るす》政景《まさかげ》の妻の父にあたるため、さすがにここで裏切ることはないだろうと政宗も考えていた。政景は政宗からみても叔父《おじ》にあたり、晴氏はこれまでも伊達家のために力を尽くしてくれていた。

「古きしがらみを取ったか……」

黒川晴氏が伊達軍の背後を襲ったとの急報を得て、政宗は天を仰いだが、それほど落胆の色はなかった。奥羽の諸侯の繋がりは深く複雑だ。黒川氏はもともと大崎や最上の一門であり、最上家から正室を迎えている大崎家を政宗が攻撃するのをよしとはしないのは予想できた。

だが、立て続けに報じられる四方からの侵攻には、さすがの政宗も苛立《いらだ》ちを覚えずにはいられなかった。

「小賢しい者どもが浅知恵を積み重ねたところで」

隻眼《せきがん》を怒らせつつ、政宗はすぐさま景綱と伊達成実《しげざね》をはじめ、腹心を呼び寄せて善後策を講じた。無数の小競《こぜ》り合いを繰り返していた奥羽の合戦にはそれ相応の仕切り方がある。情実が絡んで裏切りが容易に起きるのであれば、その逆もまた可能なのだ。

大崎に出羽の雄、最上義光が軍勢を進めているのと歩調を合わせるように、南からは蘆名、相馬《そうま》の軍勢が攻め込んでくる。天正十六年の夏は慌ただしく過ぎていった。

三

ただ、この騒動の黒幕だと見ている佐竹の動きが鈍《にぶ》い。それが京の秀吉と気脈を通じていることが原因らしいと知った政宗は不安に襲われた。

「既に常陸にまで秀吉の力が及んでいるのか？」

南奥州の地域は伊達と佐竹の勢力が目まぐるしく入れ替わる場であり、この数年前に佐竹義重が兵を進めた際には多くの国衆がその勢威に従い、義重は「奥州一統」を高らかに宣言するほどだった。

ただ、海道《かいどう》、仙道《せんどう》、会津の南奥《なんおう》三地域は簡単に一つにまとまるものではなく、政宗も時に自ら、時に求められて介入を続けている。そして蘆名家の相続を巡ってその対立は決定的なものとなっていた。

大崎での戦況が不利なうちに、佐竹が全軍をもって北進してくるとさすがの政宗も苦しい。そうならないように、越後の上杉や関東の北条に手を回していたがそれにしても動きが鈍い。

「佐竹のやつら、秀吉の言う惣無事を信じているとみえる。左衛門《さえもん》はどう見る？」

政宗は景綱や成実、側近の一人である鬼庭綱元《おにわつなもと》にも訊《たず》ねた。景綱の聡明や成実の豪胆とはまた異なった綱元の冷静さが、今の局面では必要だった。

「豊臣の惣無事とは乱暴ですな。威光を輝かせるにはいささか遠い」

綱元はそう評した。大きく横に張った顎《あご》と肩が、綱元の頑健さと沈着さを表している。

「左様。あまりに遠い。京から我らを制しようなど、できないことがわかっていて吹っ掛けてきている。実情を知る者は決してこうはしない」

景綱は身を乗り出して言う。続いて綱元の視線を受けた成実は、

「佐竹は豊臣の後ろ盾を欲している。そのままでは我らに勝てぬからな」

と腕を叩いた。

「お二人とも勇《いさ》ましいことだな。豊臣の惣無事と争えるとでも思っているのか？」

綱元がいなすように口を挟む。

「年長だからと馬鹿にせんでください。乱暴と評したのは左衛門殿でしょう」

景綱が噛《か》みつくように言ったが、綱元は目を細めただけだ。

「本気で乱暴な京儀とやり合うつもりかどうか、その覚悟を問うている。覚悟なくば従った方がよい」

覚悟も何も、と二人とも首を振った。降りかかる火の粉は払うのみだ。ただ、自ら火を大きくはしない。

「ではなすべきことを粛々と進めるのみだ」

微《かす》かな笑みを浮かべた綱元は政宗の方を見た。

家臣の中でも特に信を置いている三人の言を聞くうちに政宗の肚《はら》も決まっていく。

「京の意向は『丁重に』扱っておけばよいだろう。それより、この隙《すき》を逃さぬことが肝要《かんよう》だ」

政宗は多方に敵を受ける不利を十分心得ていた。奥羽では敵味方は頻繁《ひんぱん》に入れ替わる。最上は母、義姫《よしひめ》の実家であり、蘆名はつい先頃まで盟友だった。政宗は母を動かして最上軍の動きを止めさせると、主力を南に向ける勢いを見せて相馬と蘆名の動揺を誘った。

さらに、伊達成実から相馬との境に勢力を持つ大内定綱《おおうちさだつな》に調略を仕掛けるよう進言を受けた。だが、性分のねじ曲がった棟梁《とうりょう》には事欠かない南奥州でも定綱は筋金入りの扱いづらさだった。

「そろそろ狸も飼いならせましょうか」

米沢を訪れた成実が苦笑しつつ言った。

「因縁《いんねん》も深いから雑念を払うのが大変だ」

政宗の父、輝宗は定綱から奪った宮森城《みやもりじょう》に入城している際に、定綱が頼った二本松《にほんまつ》義継《よしつぐ》にさらわれ、命を落とすことになった。二本松の軍勢を伊達軍が銃撃した際の死去ということで、政宗にも父殺しのあらぬ風評が立って迷惑したものだ。

「太郎左衛門《たろうざえもん》(定綱)への疑念がまだおありか」

「いや」

定綱を庇護《ひご》する旨の起請文《きしょうもん》への判を押した政宗は首を振る。

「確たる証《あかし》のないことを詮索《せんさく》しても仕方がない。いま我らは小浜《おばま》の力添えが必要だし、太郎左衛門も蘆名で粗略に扱われているよりはこちらに高く己を売りつけたいと考えている。好機が至ったというだけだ」

「さすがでございます」

政宗と成実の家は一族ながら天文《てんぶん》の乱で激しい内訌《ないこう》を争った間柄である。だが、成実の父、実元《さねもと》は東北の動乱はともかくとして伊達家の平穏こそが我が身の栄《さか》えと、乱終息後は一貫して主家を支えた。

政宗もその献身と智勇に全幅《ぜんぷく》の信頼を置き、二本松氏を滅ぼした後はその知行をはじめ三十三邑《ゆう》を与え、難敵群がる南奥の要《かなめ》としている。

北関東から南奥にかけての争乱は多くの牢人《ろうにん》衆をこの地域に惹《ひ》き付けてもいる。大内氏は大勢力のはざまにあって功名を立てる機会が多いと牢人衆にも期待されていた。その武力を背景に、大内定綱は強気の交渉を政宗に対して仕掛けてきていた。

「起請文までたどり着くのに何度やりとりしたことか」

政宗はうんざりして大きく伸びをした。

城を持つような国衆が敵対している勢力を取り込むにはそれなりの手間がかかる。まずは相手方に起請文を出させるのが手順であるが、その前に帰順の条件を決めておかねばならない。具体的にはどの領土を安堵《あんど》し、どれほどの軍勢を彼のために動かすか、ということだ。

「あと、お前のご機嫌も気にしているぞ」

政宗が言うと今度は成実が苦笑いを浮かべた。

「あらかじめ恐ろしいところを押さえておけば陥穽《かんせい》に落とされることもない。小十郎の顔色もうかがったうえでの言葉でしょう。太郎左衛門の働きぶりはこの成実がしっかと見ていると伝えてください」

「それはさぞ働いてくれるだろうな」

政宗は軽口を叩きつつ起請文を書き終えた。

四

大内定綱とその弟で安積郡を治める片平親綱《かたひらちかつな》の去就《きよしゅう》があやしくなったことで、蘆名方の足並みは乱れ始めた。郡山城《こおりやまじょう》を巡る攻防戦でも劣勢《れっせい》だった伊達軍は徐々に攻勢へと転じていたのである。

政宗にとって、新たな天下人となる秀吉に会うためにははるか遠い都へ行くよりは、最上と佐竹がおとなしいうちに領国の周囲を固める必要があった。それが秀吉の求める「惣無事」とも一致するはずだ。

天正十七年早々には上洛《じょうらく》するよう、富田一白だけでなく、関東総取次の役割を担っている徳川家康《とくがわいえやす》からも、さらには北陸最大の実力者である前田利家《まえだとしいえ》からも使いが来ていた。

「佐竹あたりが讒言《ざんげん》しているのだろう」

政宗ももちろん弁明に使者を送っていたが、真剣に弁じようという態度ではなかった。それよりも会津での戦機がのっぴきならないまでに高まっていたからだ。

政宗は群がり立って境目に侵攻してきた諸氏を一つずつ黙らせると、蘆名攻略に本腰を入れ始めていた。最上義光の動きは警戒すべきものがあったが、庄内地方を巡って上杉家重臣、本庄繁長と深刻な対立があってこちらに力を注げないとみていた。

「双方京儀の肩入れを欲している」

上杉景勝《かげかつ》も最上義光も庄内での抗争を巡って秀吉の承認を得たいはず。そうなれば、奥羽での争乱に手を出してはこない。

磐梯山南麓《ばんだいさんなんろく》の裾《すそ》野を摺上原《すりあげはら》という。

開拓の手も入っていない茫漠《ぼうばく》とした原野で、時に馬を放ち、鷹《たか》を養《やしな》うのに使われる程度だ。かつて源　義経《みなもとのよしつね》が東国を訪れた際に、従っていた武蔵坊弁慶《むさしぼうべんけい》と亀井六郎《かめいろくろう》が当地において路傍《ろぼう》の石で墨をすり、一帯の美を書き記したことが摺上原の名の由来だという。

西からの上洛要請が盛んになる前年、天正十六年は伊達と蘆名、佐竹、二階堂《にかいどう》の連合軍が安積郡、安達《あだち》郡で小競り合いを繰り返していたが、徐々に伊達勢が押し始め、十七年五月には安積郡の安子島城《あこがしまじょう》、高玉城《たかたまじょう》が伊達勢によって攻め落とされている。

「猪苗代盛国《もりくに》は蘆名義広《よしひろ》と折り合いが悪く、我らの力を欲しているとの報を得ています。会津を手にする好機です」

景綱の進言に政宗は頷《うなず》いた。猪苗代盛国は蘆名の一門衆だが、その境遇を巡って義広と軋轢《あつれき》があることを政宗たちは摑んでいる。政宗は密使を送って説得し、内応に応じた盛国の居城、猪苗代亀《かめ》ヶ城《じょう》に入っている。

さらに、成実と景綱は決戦の地はここしかないと摺上原の見分を自ら行った。「境目ノ者」二、三百人を使って敵を利するような小屋などを焼き、退路になりそうな橋を取り壊して万全の備《そな》えを敷いた。

一方、伊達勢の動きと猪苗代盛国の離反を知った蘆名義広は、すぐさま須賀川《すかがわ》から若松《わかまつ》の黒川《くろかわ》へと軍を返し、猪苗代に向けて出陣、磐梯山麓の大寺《おおてら》に陣取った。

翌六月五日早朝、伊達側の思惑《おもわく》通り蘆名勢は摺上原に軍を進め、両軍は当地で激突した。磐梯山西麓、布藤《ふとう》近くの高森山《たかもりやま》に本陣をおいた蘆名義広は、先陣を率いる富田将監《しょうげん》の手勢五百余騎を先鋒とし、総勢一万六千を号した。

一方、八《や》ッ森《もり》に陣取った伊達勢は猪苗代盛国が率いる二千が先導を務め、以下片倉景綱、伊達成実などの家中の主力総勢二万三千あまりだった。

政宗は当初、将監は味方に付くと考えていた。

蘆名四天王と称された家の一人ではあるが、将監の父は既に内応を約束していたからだ。だが富田勢の戦意は高く、先導の猪苗代勢と片倉景綱の部隊までもが打ち破られた。

政宗に焦《あせ》りはない。家中の対立を煽《あお》るよう講じていた策が蘆名方の動揺を誘い、足並みが揃《そろ》わない。

将監はもともと、蘆名の後継者は伊達家との約に従うべし、という主張をしていた。そのせいで金上盛備など他の重臣たちと激しく対立し、他の部隊が続かなかった。

それこそが政宗の待ち望んでいた戦機であった。

敵の二陣、三陣が動かないとみるやすぐさま反撃を命じた。すると成実の陣から使いが来て、敵の先回りをするという。

「さすがに藤五郎《とうごろう》（成実）は役に立つ」

一度軍を立て直し、本陣に顔を出した景綱に言うと、

「私もいささか役に立つ策を思いつきましたよ」

「逃げる策ならいらぬぞ」

「あれを」

摺上原という眺望のよい原野に大軍が集まっているのを会津の民が見物に来ていた。

「富士川《ふじがわ》の故事をご存じですか」

「源氏方の将が平家《へいけ》の背後をとろうと川に馬を乗り入れたら水鳥が一斉に飛び立ち、それに驚いた平家の軍勢が潰走《かいそう》したというあれか」

「物見遊山《ものみゆさん》に来ているだけでは退屈でしょうから、水鳥の役でもやってもらいましょう」

政宗は頷き、群衆の頭上に鉄砲を撃ちかけさせた。

突如向けられた銃声に人々は慌てふためき、我先にと逃げ出した。それを見た蘆名勢は自軍が崩れたものと思い込み、一斉に退《ひ》き始めたのである。

だが逃げた先の日橋川《にっぱしがわ》の橋は伊達成実たちによってあらかじめ落とされており、それを知らぬまま川に押し出された多くが溺《おぼ》れ死んだ。

総崩れとなった蘆名勢の中、義広はなんとか黒川城まで逃げ帰った。だが重臣たちの多くに政宗の手が回り、もはや城内に居場所はなかった。義広は黒川城を明け渡すほかなく、悄然《しょうぜん》と父のいる常陸へと去った。

ここに蘆名氏は滅び去り、会津の大部分を政宗が握ることとなった。

五

天正十七年の夏には蘆名領の仕置《しおき》もすみ、政宗はこれまで通り京洛《きょうらく》ともうまく付き合っていけると考えていた。求められるままに弁明の使者を送っていたし、徳川家康と前田利家から上洛の求めが来ても丁重に、しかし適当に返事を送っておくことで事足りると考えていた。秀吉の求める「惣無事」はこちらで十分に達成したと戦の結果で示したつもりでいた。

だが、施薬院全宗《やくいんぜんそう》から景綱へと送られてきた書状には、さすがの政宗も考えを改めざるを得なかった。

「京儀を経《へ》ずして勝手に軍を進めたこと、決して許されぬ、か……」

政宗は口の中で繰り返した。それを見ている景綱も厳しい表情を浮かべている。秀吉が側近からの手紙を通じて見せたのは、激しい怒りであった。

伊達家が奥羽で行うことは「公」である。他家はあれこれ横やりを入れてくるが、奥州探題として家を守ることが奥羽の静謐《せいひつ》、つまり「惣無事」を実現することになる。

「それを一天下の儀を仰せつけられ、だと……」

秀吉は関白、政宗は左京大夫《さきようのだいぶ》と官職に大きな差があるが、政宗も官職は名誉の大きさでありそれが実権に結びつくとまでは考えていない。奥羽の地には「左京大夫」が珍しくない。

「どうする、どうする……」

忙《せわ》しく歩き回る主君を腹心たちはじっと見つめている。秀吉は東海、畿内《きない》、北陸から山陽、山陰、さらには四国、九州をその影響下に収めている。天下の武家に号令するといえば征夷《せいい》大将軍であるが、それでも各地の諸侯が行う「公戦」に直接介入してくることはまずなかった。奥州からすると「京儀」はあまりに遠い世界だ。

政宗の前には片倉景綱、伊達成実、鬼庭綱元が座っている。蘆名を佐竹の支配から奪還し、会津全域を手中に収めたことから、これまで腹背常ならなかった大崎や葛西《かさい》、仙道、置賜《おきたま》の諸郡も政宗に恭順《きょうじゅん》を誓《ちか》い、その勢力はただでさえ東北一であった伊達家をさらに強大なものにした。

「奥羽は京儀など求めぬ」

政宗にはその自信が生まれていた。

「京儀と進んで戦おうとは思わぬが、ただ、我らの『公』を認めてくれればいい、というわけですな」

景綱の言葉に成実も頷いた。

「小田原北条は五代にわたり関東に覇を唱《とな》え、そうでありながら秀吉に恭順の意を示していません。義のない戦をすれば人心は離れる。それに無双の堅城である小田原城を落とそうとすれば無数の人死にが出るのは必定」

綱元は二人に異論を述《の》べた。

「北条どのの動向を見ると、秀吉には従う姿勢を見せながらも、自らの『公』を崩さぬよう佐竹を背後から脅《おびや》かし、上杉とは付かず離れずの間柄を保《たも》ち、そして上州沼田《ぬまた》の真田《さなだ》とは、これまでの因縁を清算すべく兵を送り込んでいる。それが秀吉の気に入らぬようだ」

さらには、と言葉を継ぐ。

「豊臣の付託《ふたく》を受けて東国の『無事』を任されている徳川家康どのは北条家の姻戚《いんせき》でもある。だが徳川からも、勝手なことをせず秀吉の裁定に従うように再三求められている。その意向に逆《さか》らっているのがまずい」

「伊達の版図《はんと》を豊臣に差し出したいかのような物言いだな」

景綱が苛立たしげに言い返した。

「聞き捨てならぬ。敵の心を知らずして戦には勝てぬぞ」

「戦う気もないくせに」

「その口を封じる気はあるぞ」

景綱は今にも摑みかからんばかりの勢いであったが、政宗はその様子を見て険しい表情をふと緩めた。

「豊臣の無事に従っては北条家自体への秀吉の覚えは良くなるかもしれないが、これまで北条家に従ってきた者たちへの理屈が立たない。俺《おれ》には北条家を取り仕切る氏政《うじまさ》、氏直《うじなお》の心の動きがよくわかる」

その村、その郡、国、そして家の理屈が積み重ねられて「公」は決まる。

「京儀」とやらを粗略に扱うことはないから黙っておけ、というのが政宗たちの本音だった。そして関東と奥羽が反抗の気配さえ見せなければ、秀吉は最後には現状を認めると読んでいた。

事実、天正十五年に北条が下野《しもつけ》の佐野《さの》を制圧した時には、秀吉はその行動を追認した。といっても、その関係は主従ではありえない。徳川家の行動には東海の覇者への気遣いが見られたし、それは関東の主《あるじ》である北条、そして奥羽の主である伊達家にも認められるはずだ。

だが、政宗たちの読みは徐々に外れ始めた。

「どうも北条の動きが良くありません」

米沢を頻繁に訪れている景綱は、関東の動きに神経を尖《とが》らせていた。

「やるべきことをやっているだけだろう」

「たとえそうであるにしても、最上と上杉が揉め、北条と真田が争い、関白の目が東に向いた今となってはこれまで通りにはいかないでしょうな」

「小十郎、やけに西を気にしているな」

「ええ。もはや佐竹だの最上だのと言っている場合ではございません」

景綱の口調はこれまでと違っていた。

「最上から何か言ってきているのか。母上も先日豊臣の意向をおろそかにするなと仰《おっしゃ》っていたが、やはり京で大きな動きがあるようだな」

景綱はゆっくりと頷いた。

「なんだ。そのきな臭い顔は」

「きっと不機嫌になられると思いましてな」

「今更わしの不機嫌を恐れるか」

「……いえ」

「だったらさっさと存念を言え」

「会津をお捨てなさいませ」

政宗は立ち上がり、景綱を上から睨《にら》みつけた。

「ほら」

「ほら、ではない。お主、その賢《さか》しらな口が何と発したかわかっておるのだろうな」

政宗も景綱が思いつきで口にする内容ではないことは重々承知している。怒っているふりをしているうちに思案をまとめようとしていた。

「これを」

景綱は秀吉から北条方へ送られたという書状の写しを見せた。そこには関白秀吉の激しい怒りが現れていた。

「真田への気配り……いや、徳川を気にしているのだな」

政宗は読み進めながらひとりごちた。関東一円が秀吉に従ってまだ日が浅い。それだけに、己に恭順を誓う者を大切に扱う姿勢を見せなければ、その恭順はやがて反感へと変わっていく。それにしても、と政宗は口の中が乾いていくのを感じていた。

「秀吉若輩《じゃくはい》の時、孤と成りて信長公幕下に属し、身を山野に捨て、骨を海岸に砕《くだ》き……」

そこには秀吉が信長の衣鉢《いはつ》を継いで明智《あけち》、柴田《しばた》を討ち、いまや勅命《ちょくめい》を奉じて天下に号令するのは我である、という強烈な自負が示されていた。

その自負を裏打ちするのは、今や関東以西全域から動員される数十万の軍勢である。無数の大名、国衆、土豪が割拠する奥羽に数倍する地域を一代でまとめ上げた男の怒りが、東へ向けられているのだ。

「予既に登龍揚鷹《とうりゅうようおう》の誉《ほま》れを挙げ、塩梅則闕《あんばいそっけつ》の臣と成り、万機の政を開く」

　この一節にもう一度目を通した後、政宗は景綱に向き直った。先ほどまでの険しい表情は消えている。遠い京の覇者の息吹が首筋にかかっている。わしの本気を見誤った者に明日は来ない。奥州はいかに広大であっても天下には勝てぬ……。

「我、過てり」

　政宗は瞑目《めいもく》し、さらに何か言いかけて止《や》めた。わずかに体が震えるのを止められなかった。何か言いたげな景綱に軽口を叩こうとしたが、それすらもできなかった。

「……関白はどうやら本気で北条を潰《つぶ》し、関東から北まで兵を進める腹積もりのようだ。秀吉の手が届くまでに奥羽の『惣無事』はこの手で成し遂げられると思っていたが」

「我ら及ばざり、でしょうかね」

　腹立たしいが景綱の言葉の方がより確かだった。

「陣触れを出されますか」

「試すようなことを聞くな。白装束《しろしょうぞく》を用意せよ」

景綱が驚いた表情を浮かべたのを見て、政宗は満足そうな笑みを浮かべた。

六

最上や佐竹はもはや恐れるに足らずと思っていた己の傲慢《ごうまん》を、政宗は恥じた。奥羽での作法は天下に通じるものではないといちはやく察知した最上義光や佐竹義宣《よしのぶ》、上杉景勝は、秀吉の履物《はきもの》を抱くような態度で忠誠を誓っている。

正しいのは彼らの方だった。

政宗は徳川家康と前田利家に小田原に馳《は》せ参じる際のとりなしを頼むと共に、奥羽、関東の諸侯の取次を務めていた富田一白、それに鈴木《すずき》隼人正《はやとのかみ》などへも手を回した。もはやなりふり構ってはいられない。

秀吉から直々の書状が到来した際には、北条氏直への手切れの文面を思い出して冷や汗をかいたが、これ以上遅参することはまかりならぬという叱責《しっせき》があったのみで、使者としてやってきた津田《つだ》隼人正も、

「心より詫《わ》びられれば関白さまもきっとお許しになることでしょう」

そう請《う》け合ってくれた。

津田隼人正は信長の遠縁にあたる血筋の出で、安土城《あづちじょう》の城代などを務めた中川重政《なかがわしげまさ》の弟である。主家筋の者ですら使者として追い使っているのだ。政宗は全ての憤懣《ふんまん》を飲み込み、覚悟を決めて小田原へと向かった。

軍勢を連れてはいるものの、伊達軍の周囲は秀吉麾下《きか》の精鋭たちに囲まれ、まるで捕虜《ほりょ》のような扱いを受けている。その中、政宗は軍勢を景綱と鬼庭綱元に任せ、わずかな近習《きんじゅ》を連れて秀吉の本陣へと向かっていた。

その介添えには富田一白と前田利家がついている。利家は何かと声をかけてくるが、一白はつんと前を向いたまま口も開かない。蘆名攻めの際には敵方に鉄砲や援軍の手配をしたのがこの一白と石田三成《いしだみつなり》だと聞いている。

「見事な差配でございましたな」

政宗がからりとした口調で言うと、一白はわずかに頭を下げた。

「わしがこうして小田原にいること、富田どののおかげ」

政宗は朗《ほが》らかな声で称《たた》えた。

「会津に攻め入る前にそのお心になっていただきたかったものですな」

「関白さまのお心のありかを愚才が取り違えておりましてな。奥羽の『惣無事』を仕上げて後に捧《ささ》げ、関白さまの仕置に従おうと思っておりました」

「捧げ？」

一白が初めて政宗を見据えた。

「あれほどの苦労の末手に入れた会津、仙道を関白さまに捧げると」

「関白さまに、ではない。ご公儀に捧げるのだ。我が志は私欲に非《あら》ず」

「……そのお心が通じればいいですな」

一白は毒気を抜かれたような表情でぽつりと言った。

七

一行が向かっているのは、秀吉が本陣をおく石垣山城《いしがきやまじょう》だ。箱根外輪山《はこねがいりんざん》の東にある一峰、石垣山山上に築かれている。当初本陣は箱根湯本《ゆもと》にある北条ゆかりの早雲寺《そううんじ》にあった。

だが秀吉は小田原北条の祖廟《そびょう》を存分に堪能《たんのう》した後、

「天下の戦にはふさわしくない」

とあっさり捨てたのである。

「暫時《ざんじ》のことであっても手抜きは許さぬ。聚楽第《じゅらくだい》のごとき城郭を築くのだ」

そう命じた。

「松田《まつだ》尾張守《おわりのかみ》が変えるよう勧めたようですな」

前田利家は言った。松田尾張守憲英《のりひで》は北条家の中でもそれと知られた重臣である。

そのような者でも既に内応の約を取り付けている。周到なことだ、と政宗は感心した。

「東西二百間、南北百五十間の縄張りだと聞いております」

その規模を聞いただけで、政宗は目眩《めまい》がした。

「これは小田原への付け城、でございますな」

と確かめずにはいられなかった。

「いかにも」

答える利家は得意げだった。政宗の記憶が確かならば、彼は秀吉の僚友《りょうゆう》であって臣下ではない。立場も利家の方が上であったはずだ。だがこの数年の風雲はかつての間柄さえも変えているのだ。

「関白どのはな」

さらに利家は続けた。

「この地が険難、屈竟《くっきょう》であることを見せつけるために、城の普請《ふしん》が終わってから小田原側の木々を切り払ったのだ」

織田家での序列がいかに変わっていったか、小田原に来る前に政宗は改めて頭に叩き込んでいた。尾張の小城とはいえ信長の小姓《こしょう》衆であり荒子《あらこ》の城主でもあった利家とは大きな差があったはずだ。南奥でこれほどの大出世を遂げた者がいただろうか。そして逆転された者がのし上がってきた者を崇《あが》め称えている。

伊達家ではありえぬことだ、と側近たちの顔を思い浮かべる。

北条氏直は間近で行われる普請に気づいていただろうか。気づかなければ愚《おろ》かと言うべきだし、もし気づかせぬよう城を築いたのであれば、それは秀吉の力量が図抜けている。もし気づいていて手出しができないのであれば、もはや勝敗以前の問題だ。付け城の普請一つをとっても、そこに「天下」がある。その惣無事を成し遂げるためにどう振る舞うべきか。敬愛する武田信玄に匹敵《ひってき》、いやはるかに上回る器量だった。そこを見誤った。

鬱蒼《うっそう》とした木々に包まれた山容を見て、本当にここに秀吉がいるのかと政宗は訝《いぶか》しんだ。人目のつかぬところに敵を誘い出して殺す。謀としてはありふれたもので、政宗も用いたことがある。だが不思議と、彼の心は平静だった。

この山に向かう道は人を謀殺できるような、人の気配の薄いものではない。巨木、巨石、無数の職人と商人、もちろん馬上悠然とした将領や何百という兵の列がひっきりなしに往来している。

「これを三月《みつき》も経ずに築くのか……」

実際に目にするとあまりに巨大だった。

本丸の西に天守台《てんしゅだい》、西に二の丸らしき西郭《にしくるわ》、東に厩郭《うまやくるわ》、馬出郭《うまだしくるわ》が連なり、その間は虎口《ここう》で守られている。

城の東には深い谷間を野面《のづら》石積みで堰《せ》き止《と》めた井戸郭があり、石垣内には五丈はある深い濠《ほり》が設けられていた。本丸の天守は三層あり、天守を守る天守櫓《てんしゅやぐら》一つとっても東北の大抵の城の天守より堅牢《けんろう》そうだった。

戦が長引く際に陣城を築くのは珍しくない。だが政宗の目の前に聳《そび》えるのは彼の居城である米沢城をはるかに凌駕《りょうが》する巨大な城塞《じょうさい》だ。城壁も瓦《かわら》も木立に隠れているのに見る者を圧するような重厚さだ。

「もうひと月もすれば完成するだろう。関白どのは一日も早くと職人どもの尻《しり》を叩いているがな。戦の趨勢《すうせい》よりもこの城をいかに華やかなものにするかで頭がいっぱいのようだ」

利家は愉快そうに言う。

「左京大夫どのも存分に楽しまれるがいい」

戦場で聞くとは思えぬ言葉こそが「京儀」の余裕なのか、と政宗はいささか不快に思った。

やがて城の大手から虎口を通る。本丸にたどり着くまでにどれほどの出血が必要なのか、背筋が寒くなる。と同時に、小田原の城がとてつもない巨城であり、攻城戦になればやはり多くの死人が出るということに思い至る。どう攻めるのか、政宗は訊《き》いてみたくなった。

八

真新しい木々の香りが立ち込める広間の最上段に、その男はわずかに背を丸めて座っていた。

謁見《えつけん》した関白は顔と頭が小さく、猿というよりは鼠《ねずみ》のような顔をしていた。広間の最上段でわずかに背を丸めて奥羽の実力者たる自分に対している。この男の膝下《しっか》に関東以西の全てが膝《ひざ》を屈しているのだ。

やがて、哄笑《こうしょう》が聞こえてきた。

「その恰好《かっこう》はなんだ。死ぬ気で来たか」

政宗は謁見の直前、全ての衣を純白のものに変えた。死出の旅路へ出る正装である。

「関白さまのお心を理解せず、いたずらに戦乱を広げた罪は万死に値します」

「惣無事を言っておいたはずだ」

「我らの惣無事は、ご公儀にしていただくものではなく、自らの料簡《りょうけん》で行うものでした」

「奥羽の流儀というやつだな。だが今後はそうはいかん。『京儀』は不愉快かもしれぬが、これから我らの目指すのは一国の無事ではない。天下惣無事こそがわしが目指す境地よ」

「天下の惣無事……」

「日の本まで惣無事が済めば、四海万里の果てまで我が政のもとで無事を楽しんでもらう。それが先君より引き継いだ志よ」

「死ねば天下の無事は見られませぬな」

小さな眼《め》だ。笑っているようにも睨んでいるようにも見える。その通り死ねと命じれば、広間を守っている一騎当千の馬廻衆がこの体を切り裂くだろう。政宗は一度俯《うつむ》いて床板の木目をしばらく見つめていたが、やがてすっと顔を上げた。それを待っていたかのように、

「左京大夫よ、小田原を見たか」

秀吉はわずかに身を乗り出すようにして訊ねた。

「いえ……」

小田原どころか、米沢から北条の勢力範囲を避けるために大きく迂回《うかい》して箱根まで来なければならなかった。

「ここからはよく見えるのだ」

秀吉は広間から外を見るように促した。すると連子窓《れんじまど》だと思っていたものが大きく開き、秀吉の声を合図にしたように、視界を隠していた木々が倒れていく。日差しが一気に広間へと満ち、政宗は思わず眼を逸《そ》らした。そして視線を戻すと、政宗は今度は目を瞠《みは》った。

そこには相模湾《さがみわん》の青と、これから攻略しようとする関東最大の城郭がはるかに霞《かす》んでいる。さらに木々が倒れ、小田原の城郭と町、そして布陣する豊臣方の軍勢が盤上を見るかのようにつぶさに見通すことができる。

まさにここしかない、という地に秀吉は陣、いや、城を築いていた。これは到底争える相手ではない。政宗はむしろ楽しい気分になってきた。武田信玄や織田信長の存命中に深い交わりを得られなかったことを口惜《くや》しく思っていたが、何の、英傑はここにいる。

「天下を見よ」

秀吉は心を見透かしたかのように言った。

「己の枠を奥羽に止《とど》めるでない。左京大夫、絵の中の竜かそうでないか、いずれだ」

政宗の中には愉悦と恐怖がないまぜになった感情が渦巻《うずま》いていた。

「おい」

秀吉は政宗を廊下へ誘うと、欄干《らんかん》へ足をかけて前をはだけた。政宗は黙って同じようにすると、逸物《いちもつ》を取り出す。相模湾のきらめきと小田原城の威容、そして二十万と号する軍勢に政宗の心は滾《たぎ》り始めた。

「ほう……」

横で秀吉が目を瞠っている。政宗は己の逸物が隆々《りゅうりゅう》とそそり立っているのを恥じることもせず、そのまま放尿した。

「お主、わしへの恐れはなかったか」

「京儀何するものぞ、と侮《あなど》っておりました」

政宗は正直な胸の内を言葉にした。

「南奥の諸侯はどれも数代前からの知人縁者。関白さまのような敵を迎えることはございませんでした。これまでの枠に心を囚《とら》われ、道を誤ったのです」

尿はやがて勢いを失い、政宗の逸物も収まってきた。

「その恐れ、今はあると申すか」

「恐れと共に喜びがあります」

「喜びとな?」

「私は南奥の無事を一に念じて政を行い、戦ってきました。関白さまは天下を見据えて同じ志を抱いておられる」

「……天下の尿だな。だがいつまで滾ったままでいられるかな」

秀吉も勢いよく用を足すと、素早く前をしまった。そして政宗に向かい、

「その心を忘れるでないぞ」

と厳《おごそ》かに言い渡した。政宗は震えそうになっている手をぐっと握った。

九

「首尾よくいったようですな」

陣に戻ると、伊達の軍勢を取り囲んでいた馬廻衆は姿を消していた。政宗は白装束を小袖《こそで》に着替え、景綱と綱元を近くに呼んだ。

「首の皮は繋がったが、許されたかどうかは自信がない」

「何か失言でも？」

「いや、関白さまより小便を飛ばしてしまった」

「は？」

「いや、恭順の心が足りぬと思われたかもしれんな。わしは関白さまと同じように逸物を出し、その望む方向へ尿を放つべきであった」

景綱が妙な顔をしているので、政宗は一つ咳《せき》ばらいした。

「ともかく、これからは何事も『京儀』に従わねばならん。その心根を試される。いや。試され続けるであろうな……」

その言葉の通り、小田原征伐後の政宗は忠誠心を試され続けることになった。戦という戦もないまま北条氏が滅亡し、秀吉自身が北関東下野《しもつけ》の宇都宮《うつのみや》まで巡検に訪れることになった。

「左京大夫よ」

秀吉は小田原で謁見した時よりもさらに優しげな声で東北案内役を命じた後、

「惣無事に逆らった贖《あがな》いをまだしておらんな。蘆名や佐竹から得た会津や仙道の七十万石、返してやれ」

政宗の脳裏《のうり》に長年にわたる戦と謀の日々がよぎる。だが、表情を変えず平伏して命を承《うけたまわ》った。

「あまりに無道だ」

伊達家中には激しい不満が渦巻いた。政宗の命に従って命を懸《か》けて戦に出るのは、一族郎党を養うための知行を保ち、また新たに得られるからだ。数年にわたる四方との激戦の末に得た大半が秀吉の一命で奪われる。到底受け入れられるものではなかった。

「小田原のようになりたいか」

政宗は激高するわけでもなく、懇々《こんこん》と説《と》いた。

小田原で見た豊臣方の軍勢、関東の雄ですら屈服するしかなかったその軍略、そして何より天下に君臨する秀吉の器量だ。普段と違う主君のただならぬ様子に、直臣《じきしん》だけでなく国衆の多くも納得せざるを得なかった。

だが、伊達家に降りかかる試練はそこにとどまらなかった。

秀吉は自分への恭順が足りぬと判断すれば容赦なく改易し、そこに直臣を送り込んだ。政宗とも抗争と和睦を繰り返してきた、葛西、大崎、花巻《はなまき》や平泉《ひらいずみ》の国衆たち、それに九戸《くのへ》氏が秀吉の代官に対抗して兵を挙げた。

「愚かなことをする」

とは言いながら政宗は彼らの不満が痛いほどわかった。

利害がぶつかれば小さな戦を起こし、中人の仲介によって落としどころを得る。そういったこれまでの奥羽の流儀は一切通じなくなり「京儀」の決めるところに必ず従わねばならなくなった。

これまでは一方の裁定に不満があれば、他方の有力者につけばよかった。兵を挙げた大崎と葛西からも政宗に「中人」になってくれるよう依頼が来ている。だが、政宗はきっぱりと断って返していた。

「中人を頼む使者の首を斬って都に送るべきでした」

しかし伊達成実に言われて政宗は天を仰いだ。

「今度は尿の飛びが足りんかった」

「何の話です？」

「いや、しくじってはいないが、足りなかった」

成実がその意味を理解する頃には、秀吉が伊達家への不信感を高めていることが伝えられた。成実は会津の蒲生氏郷《がもううじさと》のもとへ赴《おもむ》いて人質となり、景綱と政宗は秀吉への申し開きに忙殺された。

だが結局、秀吉から言い渡されたのは、減封の上米沢から大崎・葛西旧領岩出山《いわでやま》への移封、という厳しい処分だった。大崎、葛西へ加勢しなかった、というだけでは不十分とされたのだ。だが、政宗は家中の不満を一切許さなかった。

「不服ならわしに槍《やり》を向けて戦場に死ぬのも苦しゅうない。だが、一族郎党全てが路頭に迷う覚悟なきものは黙ってついてこい。わしに逆らうことは関白さまに逆らうこと。そこに逆らって生きる明日は、もはやこの天下にない」

政宗は二度目の死に装束こそ着なかったものの、秀吉の疑念は強いとの観測を家康から得ていた。家康はこの件に関しては政宗に同情的なようで、とりなしを持ちかけてきている。だが政宗は厚意に感謝したうえで断った。

そして、今度は聚楽第の金色《こんじき》の光の中で、秀吉は花見にでも誘ったような表情で政宗を迎えた。穏《おだ》やかに減封を命じた後に、

「気分が悪かろう。だがもし真に葛西、大崎を煽ったのだとしたら、お前は今頃ここにはおらん。しかし、風評を消すような働きもできなかったのは左京大夫の落ち度だ。もっとわしを、いや、天下を理解せい」

は、と政宗は平伏する。

「とはいえ、申し開きをさせぬわけではない」

秀吉は小田原石垣山で言葉を交わした時のように、わずかに身を乗り出した。政宗は大きく息を吸い、ゆっくりと吐き出した。そして顔を上げる。

「米沢に替えて葛西と大崎の地をお任せいただいたこと、心より感謝いたします」

「……嫌味を言うか」

とんでもない、と政宗は静かに首を振った。

「彼《か》の地は奥羽の要であり、昨今の乱で大いに荒れ果てました。彼の地は我が家にとっても無縁の地ではありません。米沢は……幸いなことに我らの政が行き届き、心ある者が入ればうまく治まるでしょう」

秀吉は政宗の口上を聞き終えると、

「左京大夫は聡《さと》いな」

と頷いた。

「我が藩屏《はんぺい》となって奥羽の、天下の無事を守れ。我が羽柴《はしば》の一員となり、朝廷には侍従の職を授けてくださるよう奏上しておこう」

「ありがたき幸せにございます」

「ところでお主のところの片倉小十郎だが」

「我が股肱《ここう》です」

「わかっておる。だが、より天下のために働ける器だと思うが、わしに預ける気はないか」

「士《さむらい》は己を知る者のために死す、と聞きます」

「わしもいささか士心を知る」

「存じております。ですが私は小十郎がおらねば死にます」

哄笑した秀吉は辞去しようとする政宗を呼び止め、

「武田家の……信玄の後を追わずにすんでよかったな。積み重ねた勝利に目を眩まされ、分を超えた望みを抱き、滅びを得る」

朗らかな声で言った。

「憧れていたのだろう？」

「ご存じでしたか……」

「いずれ戦うなら何を目指しているのか知っていると策も立てやすい」

「恐れ入りましてございます」

「竜を恐れ入らせた鼠も珍しかろう」

秀吉はからからと爽《さわ》やかに笑った。なるほど、天下に惣無事を命じるにはこの器量がいるのだな、と政宗は減封の苦さを一瞬忘れるほどだった。岩出山に戻り出迎えた景綱に、秀吉の意向を伝えた。

「どうする?」

「どうお応《こた》えしたか訊きたいものですな」

にやにやと笑みを浮かべる景綱に政宗は舌打ちした。

「かた小め、ごしっぱらげる」

「欠けたところのない関白さまを程よくからかえるようになるには、随分とかかるでしょうな。高禄《こうろく》でお誘いいただこうと伊達家に残りますよ。抜けたところのある主君を支える方が張り合いも出るというものです」

景綱は片笑み、平然と執務に戻った。

※

後世、政宗の遺訓として伝わった言葉がある。

仁に過ぎれば弱くなる。

義に過ぎれば固くなる。
礼に過ぎれば諂《てん》となる。
智《ち》に過ぎれば嘘《うそ》をつく。
信に過ぎれば損をする。

実際に言ったとする史料は残されていないが、彼が長年の戦と政で得た教訓が籠《こ》められた言葉ではある。最善の決断を下したとしても、そこには欠けがあるかもしれない。過の字は「過ち」の意もある。過ぎた時にどう振る舞うか、過ぎたことを指摘する臣下や友がいるか。また、その言葉を聞き入れることができるか……。

欠けのない天下人に忌憚《きたん》のない意見を言える者は少なくなり、豊臣家は秀吉の死後滅亡する。だが、伊達家は一族や重臣がよく家を支え、伊達騒動をはじめとする幾多の苦難を乗り越えて明治まで続くことを得た。

第二話　天敵

序

早春の乾いた風の中、丸に上の字を大書した旗が翻《ひるがえ》っている。

眼下に広がる上田原《うえだはら》は、東信濃《ひがししなの》を南北に貫く千曲川《ちくまがわ》と小県《ちいさがた》の山々に囲まれた緩やかな斜面で、枯れて寒々とした田園の中に集落が点在している。そこに一万を超える軍勢が集結し、敵味方に分かれて睨《にら》み合っていた。

上田原北端に聳《そび》える天白山《てんぱくざん》は低いが急峻《きゅうしゅん》で、当地の支配者であった小泉《こいずみ》氏によって砦《とりで》が築かれた。その後小県郡を握った村上義清《むらかみよしきよ》が引き継《つ》いで使っている。

今、武田晴信《たけだはるのぶ》率《ひき》いる八千の軍勢によって、義清を筆頭とした東信濃の諸侯の総勢二千は追い詰められていた。武田軍先鋒《せんぽう》として驀進《ばくしん》してくる板垣信方《いたがきのぶかた》の戦いぶりは目覚《めざ》ましく、義清は天白山の本陣で苛立《いらだ》たしげに髷《まげ》を揺らしている。

このまま本拠の埴科《はにしな》まで下がって守りを固めるべきか……。だがそれではせっかく配下に収めた小県や佐久《さく》を完全に諦《あきら》めることになる。それは「信濃惣大将《そうだいしょう》」の家を継ぎ、ここまで国衆や百姓《ひゃくしょう》たちの静謐《せいひつ》のため戦ってきた努力が無に帰することを意味する。

武田の強さを知らないわけではない。先代の当主である武田信虎《のぶとら》とは同盟を組んでいたこともあり、その戦いぶりを間近に見てもいる。

「家中が揉《も》めていたにしては見事な戦いぶりだ」

義清は忌々しげに呟《つぶや》いた。甲斐《かい》の虎《とら》とあだ名された父を追放し、板垣信方、甘利虎《あまりとら》泰《やす》ら重鎮を「両職《りょうしき》」（筆頭家老）とし、諸将を掌握《しょうあく》してその勢いは甲斐一国にとどまらない。勢いがこのまま続くなら、我らも危うい。

義清の心中にもわずかな焦《あせ》りが生まれたその時だった。上田原を南北に流れる産川《さんがわ》を越えたあたりで板垣信方の軍勢が歩みを止めた。これには義清麾下《きか》の諸将たちもざわめく。

「敵方、首実検を始めるようです」

物見《ものみ》の兵の声に義清は思わず立ち上がった。戦で得た首を検《あらた》め、論功行賞《ろんこうこうしょう》を行うのは将がなすべきことだ。ただし、それは戦が終わった後の話だ。

「板垣のやつ、もはや勝ちを得たと見せつけているつもりか」

諸将がそう囁《ささや》き合う中、義清は唇の端を上げ、大きく髻を振った。それが戦の合図だった。

「実検されるのはあやつの首だ。槍《やり》を持て。備《そな》えが整った者からわしに続け！」

義清は周囲の返事を待たず、得物《えもの》の大槍を担《かつ》いで山道を駆け下り始めた。その健脚は若い近侍《きんじ》よりはるかに疾《はや》く、小柄な義清が担ぐ朱塗りの槍は、首実検を眼前で始められ動揺していた味方を勇気付かせた。

「そこで待っていろ……」

――甲斐のやつらが信濃で好き勝手振る舞うことは許さぬ。

戦の風が全身を包む。それは北風の冷たさではなく、別所《べっしょ》の熱泉から湧《わ》き上がるような重く熱い風だ。

板垣信方は迂闊《うかつ》なことに、物見すら立てていなかった。首実検は戦った者なら誰《だれ》もが気にする華の舞台だ。討ち取った相手の位や名の高低で己と家の評価が変わる。

それにしても、と義清は内心苦笑する。敵の足音には何より用心せねばならぬのに、誰もが首実検に夢中になっている。それほどに武田の恩賞は厚いのか。

ともかくこれは罠《わな》ではない。戦場の風が背中を押してくれている。

義清は口を開き、走りながら雄叫《おたけ》びを上げた。その時にはもう、敵陣は目の前だ。ようやく気づいた足軽の一人が何か言おうとしたときには、首筋の急所を薙《な》ぎ斬《き》っている。

武田家最強の将も恐ろしくはないのだ。敗北に心を支配されかけていた味方の戦意に再び火が付いた。後ろに続く無数の鎧《よろい》ずれの音、それを圧して吶喊《とっかん》の声が聞こえる。

板垣勢の本陣すぐ前に至ってようやく敵の反撃が始まった。これはこちらの気力が果てるまで叩《たた》くしかない、と腹を括《くく》った義清は、信方を討ち取ったという大音声《だいおんじょう》を背中で聞いても足を止めなかった。

視線の先には武田菱《たけだびし》が風に翻っている。だが、その旗竿《はたざお》の動きに落ち着きがない。

「和田峠《わだとうげ》の向こうに追い返せ！」

義清の一喝《いっかつ》に東信の健児たちが武田勢に襲い掛かる。ようやく追いついてきた馬廻《うままわり》の一人に、

「甲斐の国境まで追撃の手を緩めるな。諸隊へもそう伝えよ」

そう言って背中を叩いた。義清の指示が全軍に行き渡るにつれて信濃方は勢いづき、武田方はさらに浮足立つ。諏訪《すわ》や伊那《いな》を蹂躙《じゅうりん》したつわものの姿は既になく、敵は我先にと南へ逃げ走る。

「ここで禍根《かこん》を絶《た》つぞ！」

義清は精強な馬廻たちを乱戦の中で呼び集めると、動揺の隠せない武田本陣へと突撃した。浮足立ってはいるのに退《しりぞ》かない。いや、退けないのだ。それは将と兵の心が合致していない証《あかし》だ。

大盾《おおたて》を押し立てて主君を守ろうとする小姓《こしょう》衆を蹴散《けち》らし、本陣の幔幕《まんまく》が見えるとこ

ろまで迫る。ここまで来れば晴信の首は手の中にある。思わず息をつきそうになった瞬間、横合いからどっと一隊が突き込んできた。本陣にかかろうとしていた味方が次々に倒され、敵本陣の脇備《わきぞな》え馬場信房《ばばのぶふさ》隊であることを知る。

「ここで退《ひ》くな!」

勝負所だ。義清は再び先頭に立って本陣の幔幕の中へ躍《おど》り込む。その視界にひときわ美しい朱色の縅《おどし》が見えた。

「武田晴信どのとお見受けする。尋常《じんじょう》に勝負いたせ!」

緋色《ひいろ》の縅はその声に応じるように槍を構える。名乗りはしないが、これが敵の総大将であろう。義清は武田家の先代、信虎と盟約を結んだ際に晴信の姿を見ている。その体つきは記憶に残っていた。

「いざ!」

槍がかみ合い、鎧が激しい音を立ててぶつかる。義清は肘《ひじ》をふるって相手の頬《ほお》を打ち抜くと、面頬《めんぽお》が割れて顔があらわになった。組み付いてきた若者を造作もなく投げ飛ばして組み伏せる。

若さの残る顔に悔しさが満ちていた。だが戦の場で逡巡《しゅんじゅん》はない。義清は鎧通しを抜き、とどめを刺さんと構えた。

「その御首《みしるし》、頂戴《ちょうだい》いたす」

父を駿河《するが》に追って旭日《きょくじつ》の勢いを見せる若武者であっても、向き合ってしまえば勝ち負け五分が戦の世界だ。組み伏せた瞬間に勝利を確信した義清だったが、すぐさま立ち上がる。危うい気配を感じて咄嗟《とっさ》に間合いを取った。

その直後、横からどうっと突き込んでくる別の一隊が武田晴信を助け、周囲に槍衾《やりぶすま》を立てる。そして別の十数人が必死の形相《ぎょうそう》で押し返してきた。脇備えを抑えきれなかったことで戦機は去った。舌打ちした義清は退《ひ》き太鼓《だいこ》を打たせ、一度産川の線まで下がって彼我《ひが》の損害を検める。

味方の兵も多く傷ついたものの、武田の「両職」板垣信方と甘利虎泰双方の命を奪い、初鹿野伝右衛門《はじかのでんえもん》をはじめ名のある士《さむらい》を多く討ち取ったことが明らかになった。

「我らの勝ちだ」

義清は味方に勝鬨《かちどき》を上げさせた――。

これで武田は甲斐に退き、しばらくは東信に手を出さぬであろうと安堵《あんど》しかけたが、晴信はさらに二十日の間、上田原にとどまってみせた。

「敗北して退かぬとは」

義清は内心の戸惑《とまど》いを押し隠して何とか決戦に持ち込もうとしたが、信濃勢の疲労も激しかった。いたずらに睨み合いが続く中、武田軍はようやく南へと退いていった――。

一

上田原の戦いから二年半が過ぎた天文《てんぶん》十九（一五五〇）年八月、村上義清は再び武田の大軍を迎え撃つ戦いに臨《のぞ》んでいた。

信濃の地を南北に貫く大河が夏の日差しを受けて白く輝いている。

「殿……」

先年の戦を思い返していた村上義清は、谷を見つめたまま、

「和合《わごう》への使いはまだ帰ってこぬか」

と苛立たしげに言った。

その目はやがて、坂城《さかき》と上田の地を隔《へだ》てる断崖《だんがい》「岩鼻《いわばな》」へと向けられた。千曲川にはその名の通り多くの屈曲がある。

東の浅間《あさま》、南の八《やつ》ヶ岳《たけ》から続く台地である御牧《みまき》ヶ原《はら》や八重原《やえばら》に挟まれた上流側を佐久平、佐久の北西から上田にかけて岩鼻に至るまでを上田平、坂城から北の長野《ながの》盆地

を善光寺平《ぜんこうじだいら》という。

上田平と坂城の境にある要衝《ようしょう》「岩鼻」は千曲川を挟んで左岸の崖《がけ》を半過岩鼻《はんがいわはな》、右岸の崖を塩尻《しおじり》岩鼻といい、ちょうど坂城への天然の関となっている。千曲川沿岸には似たような地形がいくつかあるが、岩鼻の険しさは別格だった。この険しさが坂城の地を外敵から守ってきた。

葛尾城《かつらおじょう》の本丸は百人も入ればいっぱいになるような板張りの城郭《じょうかく》で、その大広間は顔を映すほどに磨き上げられている。

「和合への使いはいまだ帰らずで……」

義清に従属する国衆の重鎮、屋代正国《やしろまさくに》が左右の様子をうかがいながら答える。

義清の目は南へと注がれたままだ。そのつり上がった目尻《めじり》の上に、燃え盛るような硬い髪がそれでもほどよく切りそろえられて、つむじの上で結《ゆ》われている。彼に従う東信の諸将は、その高々と結われた髷が苛立たしそうに揺れるのを見て、戦機はまもなくだぞ、と互いに顔を見合わせた。

上田原の勝利後、義清の揺れる髷は吉兆とされるようになっていた。

千曲川沿いの崖上にある葛尾城を筆頭に、南から侵攻してくる者を押し返すための砦が、川の東岸数里にわたって築かれていた。

その砦の一つである和合城は、岩鼻を押さえる位置にある。千曲川の右岸、虚空蔵山《こくぞうさん》から突き出した稜線《りようせん》の先端に築かれた山城で、簡単ながらも堀切と石積みの連郭で城域を独立させている。断崖絶壁の上にある分守りには強いが、狭く急峻な地形のため人数を置くことはできない。そのため普段は物見や狼煙台《のろしだい》に使われていた。

武田晴信がこの坂城を目指すのは二度目だ。一度目は上田原で義清が勝った。

——あやつは以前と同じ道をたどってくる。

直感がそう告《つ》げていた。

村上義清が武田晴信という男を初めて意識するようになったのは、まだ互いの父親が存命だった頃《ころ》である。多くの国衆《こぜ》が小競り合いを繰り返しつつ、分立して各地を治めていたのが、甲斐や信濃の実情だった。

争いが起きたとしても、それは「平」や「谷」の中でのことだ。境《さかい》で揉めたとしても小競り合い程度で誰かが滅ばなくともよい。義清はそのような信濃の情勢が嫌いではなかった。

しかし、ここ数十年続く不作が変化を呼んだ。

生《な》りが悪いと民は飢《う》える。飢えれば心は荒《すさ》み、政《まつりごと》に不満を抱く。土地は民なくして価値を生まない。乱を望み、地への愛着を失えばそこは荒地と化す。武士が民を支配し、格別の力を持つのはそうさせないためだ。その「格別」の力が「平」や「谷」を越えて緩やかに連携《れんけい》していれば争いは起きない。凡庸《ぼんよう》な国衆がいて乱れそうになると、義清が出張って、士民の心を安んじてきた。

「晴信のやつ、ただでさえ物成りが悪いというのに、懲《こ》りぬやつだな……」

義清は冷徹《れいてつ》な表情ながら、口調は厳しく罵《ののし》った。佐久から上田にかけての国衆で義清と同心する者たちは、既に戦の備えを終えていた。

「物成りが悪いからこそ、国境を越えてくるのだろう。しかし年若いとはいえ晴信は難敵だ。侮《あなど》ってはならんぞ」

少し前まで戦っていた相手とは思えぬ穏《おだ》やかな表情で高梨政頼《たかなしまさより》が言った。政頼は北信中野《なかの》を根拠とする国衆で、義清が知行を与えた直臣《じきしん》ではない。

高梨氏は四方を敵に囲まれていたが、越後《えちご》の長尾《ながお》為景《ためかげ》と結んで勢力を伸ばしていた。その過程で善光寺平にも影響力を持つ村上義清と対立し、数年にわたって戦いを繰り広げていた。

だが、甲斐の武田が北進を始めたことで対立の構図が変わった。

坂城を抜かれて善光寺平に武田軍の侵攻を許せば、中野までは指呼《しこ》の間《かん》にある。ようやく掌握した北信を甲斐の人間に渡すわけにはいかない。高梨政頼も信濃の国衆としては義清と考えを同じくしており、それ故、積年の争いを捨てて手を組むことにしたのだ。

義清が当主を務める村上氏は信濃では信濃守護小笠原《おがさわら》家に次《つ》ぐ名門だ。名のごとく村上源氏《げんじ》の流れを汲《く》み、建武《けんむ》年間に「信濃惣大将」としてこの地に入った。とはいえ、千曲川沿いの小県の諸氏は独立を守っており、義清も直臣となるよう迫ったことはない。国衆を直臣にしようという考えが義清にはそもそもなかった。

「武田には何か企《たくら》みがあるのかね」

政頼は言ったが、義清はそれが大したことだとは思えなかった。

「わからぬ。戦わねば地を失うとなれば、誰もが懸命に戦う。それに引き換え、直参《じきさん》を満足させ精強に保《たも》つには何かと手間も財貨もかかるのだろう」

「確かにな。わしも試みたのだが」

うまくいかなかったのだと政頼はため息をついた。戦はいつ起こるかわからず、精強な兵を保ち続けるにはそれだけ費用もかかる。その分を賄《まかな》うためには誰かの地や富を奪わねばならず、そのために戦を続ける羽目《はめ》に陥《おちい》りかねない。戦に勝ち、戦をなくすことを目指して養《やしな》っている直参衆のために戦を続けるのは、矛盾《むじゅん》している。

「海野平《うんのたいら》ではしくじった」

義清は吐き捨てた。

東信勢が武田氏の侵攻を上田原で退けた後、武田の強さに萎縮《いしゆく》しがちであった信濃の国衆は息を吹き返した。諏訪大社《すわたいしゃ》を中心に勢威を張る諏訪の諸将、松本平《まつもとだいら》を支配する小笠原氏、そして佐久や小県の諸勢力は義清と手を携《たずさ》え、武田に対抗する姿勢を示したのだ。

だが、海野平の国衆たちは武田晴信の調略にあっけなく屈してしまった。

「奪えば与えるなどと麾下《きか》に加わった者たちに吹き込んでいるらしい」

政頼は己の丸い頭を一つ叩いた。

「まったく……乱が乱を呼ぶだけだ」

一昨年の上田原の戦の後、武田の勢力はほとんど信濃から駆逐《くちく》された。それは諸将が奮戦したせいもあるが、義清や諏訪の諸将など、普段は何かと衝突することの多い信濃の大勢力たちが一時であっても手を組んだからだ。だが、武田が去るとまた彼らの関係は元に戻ってしまった。

「所領を安堵してやっているわけでもないのだから、従わないのも致し方ない」

義清はあまり気にはしていなかった。命令に従うか否かは力の強弱はもちろんのことなから、その相手が己の利益を守ってくれるか、という一点に左右される。義や忠といった題目が唱《とな》えられることはあるが、そのようなものは姫君が最後に羽織《はお》る打掛《うちかけ》のようなもので、ただ華やかなだけだ。

「それにしても、武田の息子は不思議な男だな。甲斐の国衆もそこまでして国境を出たいものかね」

政頼は首を傾《かし》げる。戦をする理由の大半は、累代《るいだい》受け継いできた地を守ることだ。時に周囲の隙《すき》をついて勢力を広げることもあるが、婚姻や盟約で結ばれた諸侯の間で好き勝手できるわけでもなく、戦の多くは小競り合いですんできた。

だが武田晴信の戦は義清の知るそれとは趣《おもむき》が異なっているように思えた。それまでの信濃の流儀を変え、甲斐の国衆をまとめ、己の手足のごとく使っている。そうして、曲者《くせもの》ぞろいの彼らを動かし、甲信の境を越えて支配を広げようとしていた。

「晴信しか知らぬ宝がこの信濃にはあるのかもしれんな」

冗談《じょうだん》めかして言う政頼のもとに高梨家中の者が駆け寄り、何か耳打ちをした。

「何……！」

穏やかな表情を一瞬こわばらせたが、すぐもとに戻した。

「こういう小細工《こざいく》も抜かりがない」

政頼は特に慌てる様子もなかった。武田の影働きが中野に入って悪さをしているのだろう、と見当はついたが敢《あ》えて問うこともしなかった。中野のことを心配する筋合いはないし、むしろ礼を失する。

「左衛門佐《さえもんのすけ》どの、中野は良いところだ。戦が落ち着けば一度遊びにくるがいい」

「喜んでうかがおう」

異変が報じられたが大したことはないのだろう。乱破《らっぱ》とも呼ばれる武田忍びの暗躍《あんやく》は、小県でも激しくなっていた。流言飛語、火つけ、刈田《かりた》、かどわかしと人心を乱すためならなんでもする。だが、それは大勢を変えるためではない。軍勢のほとんどを占める百姓たちの動揺を誘い、士気を下げるためだ。

百姓とはいっても、生き残っている者はいっぱしの戦士である。全《すべ》ての影働きがうまく働けるわけではなく、捕らわれて晒《さら》し首になっていることも少なくない。

「おい、左衛門佐……」

政頼が対岸を指した。櫓《やぐら》から見ると、対岸の上山田《かみやまだ》あたりから火の手が上がっている。つけ火は調略の中でもありふれた手だ。しかし早いうちに止めないと害も大きい。

義清の髷が大きく揺れる。

「法螺《ほら》を吹け」

近侍に命じた。

「火消しにしてはおおげさな」

「火は村に残った者に任せる。誰かあるか」

近侍の一人が膝《ひざ》をつく。

「屋代、井上《いのうえ》、塩崎《しおざき》の者たちは」

「杭瀬《くいせ》のあたりでご指示を待っておられます」

「よし、では皆に主力を五里《ごり》ヶ峯《みね》の山中に隠し、旗指物《はたさしもの》だけを持って葛尾に来るよう伝えよ」

近侍は口を開け、しばらくそのまま座っていた。

「武田の軍勢を前にしておかしくなったわけではないぞ」

義清は穏やかな口調で言った。

「勝てる見込みのない戦などせんよ」

その言葉に安心したのか、近侍の若者は駆け出して行った。

「あれは屋代家の者だ」

義清が言うと、政頼はなるほどと頷《うなず》いた。

「不安だろうな」

「不安というより、己の家がどう動くかもわかってはおらんだろう」

武田の調略が東信、小県の諸将に伸びていることは義清もよく知っていた。屋代は坂城のすぐ北に位置し、もし彼らが武田方につけば義清は腹背に敵を受けることになる。

「我らの心配はいらぬよ」

政頼は力強く胸を張った。

「かたじけないことだ」

北信の雄であり最大の敵であった高梨家が義清に同心してくれることが明確になったことで、東北信の国衆たちの帰趨《きすう》は一気に定まった。今、義清に矢を向けることは自らの命を縮めることになる。国衆たちは己の存否に関《かか》わることへの嗅覚《きゅうかく》は鋭い。

「お互い様だよ」

それは高梨家にとっても同じだった。

「で、我らの軍勢も山に隠した方がいいか」

「ああ。この城に詰められるのはせいぜい百人ほどだからな」

葛尾城は義清の主城ではあるが、普段の政をここでとっているわけではない。東北信の各地を見渡せる城は要害の地ではある一方で、あまりにも急峻すぎて近くに水場もなく、長く籠城《ろうじょう》するには不向きである。

城で最も高いところにあるこの御殿も平地の目で見れば小屋のようなものであって、城郭やまして天守《てんしゅ》などと呼べるものではなかった。

ただし百人ほどの精鋭とここに籠《こも》れば、数ヶ月でも大軍を引き付けて落とされない自信はある。だが、落とされないことと勝利することはまた別だ。そこへ急使の兵が駆け込んできた。

「和合より報告。寝返った慮外者《りょがいもの》は成敗」

「よし」

義清は兜《かぶと》をかぶり、緒を締めた。

「砥石《といし》までの道は開けた。出陣の鼓を打て！」

義清は戦が好きだ、と公言したことはない。勝てば得るものも多いが、勝利を得ても一家の棟梁《とうりょう》や跡継ぎ、貴重な働き手を失う家も多い。だからこそ、あらゆる手を尽くして勝ちを拾わねばならない。その重圧が心を昂《たかぶ》らせるのだ。

「戦が始まると急に若返ったな」

からかうように政頼は言った。

「そうかな？」

と返しつつ三人張りの強弓《ごうきゅう》と、穂先二尺五寸の大槍を小脇《こわき》に抱える。平時に持つと重く感じるのに、戦を前にすると枝を摑《つか》んだかのように軽く感じる。義清が率いる手勢は二千に満たない。それに対し、甲斐から攻め寄せてくる武田軍は総勢七千以上との報もある。

「砥石を救うぞ」

義清の声は普段かすれて小さい。だが、やはり戦陣を前にするとその声は一変する。戦場の喧噪《けんそう》の中でも隅々《すみずみ》まで下知《げち》が届くと言い交《か》わされていた。

二

「笠原《かさはら》の旗を掲《かか》げよ」

義清は左右に命じた。丸に「無」の文字があしらわれた旗印はその無念を表すように激しく風にはためいている。

「武田の非道を忘れてはおらんな！」

義清の言葉に将士は声を上げて応《こた》える。防ぐ戦いに利は少ない。ならば美しい大義の衣で装《よそお》ってやらねばならない。

上田原に遡《さかのぼ》ること三年、天文十四（一五四五）年高遠《たかとお》氏を屈服させて伊那谷《いなだに》を手に入れた晴信は、大井貞清《おおいさだきよ》と決着をつけるべく大軍勢を送り込んだ。

その勢いは凄《すさ》まじく、本拠の内山城《うちやまじょう》が陥落《かんらく》して大井氏は滅んだものの、その支族である笠原清繁《きよしげ》は頑強に抵抗を続けた。碓氷《うすい》に近く、大井氏と関係の深かった関東管領《かんれい》上杉憲政《うえすぎのりまさ》からの援軍が期待できたからだ。

笠原清繁は援軍を蹴散らされたのを耳にしても猛攻を耐え抜いたが、武田の金掘《かなほり》衆《しゅう》が城の水の手を断ち切って勝負あった。激しく抵抗した笠原衆への晴信の処遇は苛《か》烈《れつ》で、捕虜《ほりよ》となった城兵は奴僕《ぬぼく》とされ、女衆は下女《げじよ》や妾《めかけ》として将士に下げ渡された。

笠原衆生き残りの晴信への恨《うら》みは深く、義清に懇願《こんがん》して砥石城を任されたのだ。

義清に従うのは、小県の国衆や土豪たちである。それぞれが動員できる兵力は数十から百といったところではあるが、小県から埴科にかけての兵力を全て合わせれば五千を超える。

彼らは笠原氏に対する晴信の仕置《しおき》に恐怖し、砥石に籠る者たちを救わねば次は自分たちだ、と戦意は高かった。

「晴信の脅《おど》しや誘いに屈してあの恐怖に組み敷かれるか、義と信に殉《じゅん》じて戦うか。我らの心を諏訪の大神たち、善光寺の御仏《みほとけ》たちは必ずご照覧あるだろう」

戦装束《いくさしょうぞく》に身を包んでいるその全ての顔を、義清は古くから知っている。兜の前立《まえだて》がある者は数えるほどしかいないが、兵たちが担ぐ長柄《ながえ》の穂先は秋の陽光を受けて輝いている。

武田氏との抗争が始まって以来、義清は東信の諸将と結びつきを強めるべく力を注いできた。それは「信濃惣大将」の家柄として持ち込まれてくる揉め事を公正に裁くことであり、小競り合いしか知らない者たちを大きな戦に耐えられるよう鍛《きた》えることだった。

「この戦に勝てば」

息子の村上源吾《げんご》国清《くにきよ》が言った。

「晴信がしているように国境を越えるべきです」

息子の言葉に父は驚いた。

「これだけ戦に駆り出しているのに、大した褒美《ほうび》もない。防ぐ戦は戦意こそ上がるが、終わった後が面倒です。費《つい》えばかりが増えますからな」

「それこそ不要なことだ。今ならまだ晴信を叩ける」

義清は一顧《いっこ》だにせず退けた。

上田原の戦では武田方の宿将である板垣信方をはじめ、千を超える武者を討ち取った。だが、国境を越えて戦い、長駆《ちょうく》して甲斐を支配下におく己の姿が想像もつかない。

信濃においては「惣大将」のもと、国衆や土豪たちが己の分を守ってその地を守る。それがあるべき姿であったし、甲斐のことは甲斐の者たちが決めればよい。

ただ、戦については勝算があった。

「同じしくじりをするとは思えぬが、晴信の戦には癖《くせ》がある」

そう息子に言った。

九月初旬に佐久平から押し出してきた武田軍は、態勢を整えて九日に攻城を開始した。そこからまた数日ほど経《た》ったが、砥石城は持ちこたえている。

「凄まじい戦いぶりだ」

小県の諸将は笠原衆の戦いぶりに舌を巻いていた。急峻な山城で、攻め口は一つしかない。三方は切り立った崖で、その攻め口も横に数人も並べないほどに狭く険しい。我攻《がぜ》めをするだけ無駄な支城なのだが、武田晴信にはこの城を落とさねばならない理由があった。

「あの者たちは武田に勝る武勇を見せつけているからな。晴信はそれを許せまい」

不敗の名将の道を歩んでいるように見える晴信は、己の負けを許せぬ性分だと義清は見ている。それは上田原で対峙《たいじ》し、あわやというところで見せたあの表情が物語っている。死への恐怖ではなく、敗北への怒りがあった。

義清の読み通り、武田晴信は砥石城に固執《こしつ》した。もしこの城を素通りしたとしても、大勢に影響はないにもかかわらず、だ。義清は地理に通じた味方の小勢で武田の各陣を攪乱《かくらん》させつつ、武田晴信の心が揺れるのを待った。

そして今、九月も下旬となって、武田の本陣が動きを見せた。それこそが義清の待ち望んでいた戦機であった。晴信の冷徹さの一方で、炎のような戦意にも、義清は目をつけていた。それもやはり上田原の戦いで、槍を交えた際に感得したことだ。

あの時は乾坤一擲《けんこんいってき》の戦だった。甲斐の虎と呼ばれた父を駿河に放逐した若者が見せた輝きをいち早く消してしまわねば、小県で代々受け継いできた全てを失う。そう考えての、突撃だったことを思い出す。

「和合に一度入りますか？」

源吾の言葉に義清は我に返った。

「裏切り者は誰の手の者か」

「真田《さなだ》です」

「そうか……。和合はお前が行って押さえよ」

源吾が砥石に向かったのを見て、義清も馬廻衆を率いて坂城を出立した。

三

真田幸綱《ゆきつな》の調略にもかかわらず、砥石に籠っている者たちに揺らぎはないことを義清は信じていた。

「砥石はみな同心しているようです。矢沢源之助《やざわげんのすけ》どのが城内をよくまとめておられます」

坂城で代々仕《つか》えてきた南条《なんじょう》家の若き当主、甚右衛門《じんえもん》が砥石から戻り、馬の傍《かたわ》らを走りながらそう報告した。

笠原衆矢沢氏の本拠は小県の殿城山西麓《でんじょうやませいろく》にあり、大屋《おおや》より上州《じょうしゅう》や松代《まつしろ》に向かう街道沿いにある。吉田堰《よしだぜき》の東側に矢沢城が築かれ、人々はその城下に暮らしている。

矢沢氏は晴信の父、信虎と関《かかわ》りが深く、諏訪平の諸侯とも親しい。だが、源之助自身は矢沢家の血をひいておらず、隣の真田郷から養子に来ている。そのせいもあって源之助には実の兄弟である真田幸綱から何度も誘降の使者が送られていることも義清は知っている。

「あとは笠原衆がどれほど踏ん張ってくれるか」

「砥石を足がかりに故地を取り戻すためなら、どのような苦難も耐えるでしょう」

「その心に報《むく》いなければならんな」

坂城の里を過ぎると、川沿いの道は一気に狭くなる。義清は軍を二手に分け、一方を甚右衛門に預けた。

「常田《ときだ》まで出て、敵の気を引け。砥石から少しでも敵を引きはがすのだ」

砥石城は葛尾や和合と同じく、急峻な山の上に築かれた砦程度の城だ。縦に四つの郭《くるわ》を連ね、左右は切り立った断崖だ。大軍勢で攻めかかっても攻め落とすには大きな損害を覚悟しなければならない。

その一方で、城に籠った者たちの逃げ場も逃げ道もなく、一度籠ったら敵が諦めるまで持ちこたえるか、さもなくば討ち死にか飢え死にするかしかない。

「晴信は長陣《ながじん》を選ぶのではありませんか」

「選ばぬな」

義清はその判断に自信があった。晴信はかなりの兵力を西にも割いている。ここ数年で支配下においた伊那谷から、松本の小笠原氏や安曇野《あずみの》の諸勢力の進出を防ぐため、塩尻峠に陣を敷いていることが報じられていた。

信濃の国衆の忠誠心はまだ絶対ではない。晴信は常に強さを見せ続けなければならなかった。

「砥石が砦程度の小城であることは皆が知っている。しかも、そこに籠っているのは以前叩きのめしたはずの志賀城《しがじょう》の笠原衆だ。逆《さか》らった者には容赦《ようしゃ》はしない、という姿勢を示すためにも砥石城はひと揉みに潰《つぶ》さねばならん、と晴信なら考える」

「なるほど……では我らは」

「源吾が街道筋から攻めかかり、我らは湯《ゆ》の丸《まる》へ向かう。海善寺《かいぜんじ》と和村《かのうむら》の杣道《そまみち》から武田軍の背後へと回る。晴信が背後への備えをしていないとは考えられぬが……」

「それでは我らも危ういのでは」

「虎穴《こけつ》に入らねば甲斐の虎児《こじ》の首は取れぬのさ」

備えをしているが故に、隙が出る。先年しくじった道を踏み破ってこそ武田の強さを東信の諸侯に見せつけられる。だが、皆が鬼神のように恐れている武田の棟梁が人間離れした強さなのかと問われれば、義清は自信をもって否と答えるだろう。

「晴信は虎の子ではあるが、神ではない……」

上田原の戦いの際に、晴信は自ら退くことをよしとしなかった。それは晴信の勇武であると称《たた》える者も多くいただろう。だが、義清はその時槍を振るって武田の本陣深くまで突き込んだ。戦は始まる前に勝敗の多くが決まる。だが、戦場で心身の中に湧き上がる闘志の炎がぶつかり合って、その結末が変わるのだ。

「あの時……」

義清の槍を晴信は避《よ》けた。

兜をつけていなかったのは、不意を衝《つ》かれたことを意味している。勇猛さを示すためとはいえ、抜かりがあったと言わざるを得ない。そして、甲斐の名門で育ったその顔立ちは優しく、細かった。

その顔を見た際に息子の源吾国清を思い出すほどに、公達然《きんだちぜん》とした品の良い若武者だった。だが、この幼さの残る青年が、武にも才にも秀でた父を駿河に放逐し、甲斐一国を固めただけでなく、上州と信州に手を伸ばしている。

義清が考える以上に晴信には人を惹《ひ》きつける何かがあるのか。その何かが義清にはいまだ見えない。

「あの時晴信は怒っていた。死を忘れるほどにな」

「そのような相手は恐ろしいのではありませんか」

甚右衛門は義清の心を探るように問うた。

「逆だよ。戦とはそういうものだ」

既に軍勢は東の山中に入っていた。地元の民でも道を知る者は少ない。農地に厳格な境があるように、山や川にも見えない境がある。それを越えて己の利を満たすことは、時に命を懸《か》けた争いに繋《つな》がる。

将の力が増すほど、知る道は多くなる。そして東信四郡の道を知悉《ちしつ》しているのは己だという自負もあった。武田晴信はまだ信濃の道に精通してはいない。だがそれも、あとわずかのことだと覚悟はしている。

谷を二つほど越えたところで、湯の丸峯が見えた。そのはるか先に浅間主峰の稜線が微《かす》かに浮かび上がっている。和村の背後には古い山城跡があり、そこは武田の手も入っていないことは調べてあった。

櫓を立てるわけにもいかないので、義清自ら大木に登って砥石城の様子をうかがう。身軽に木に登る義清を見て、将士の間から感嘆の声が上がった。

「猿《ましら》のようじゃ」

と声も聞こえる。

「猿のごとく山を行けるようにしておけよ。山や川も己の力とするのだ」

義清は言いつつ、目は砥石城から離さない。数里離れているから音は聞こえないかと思いきや、時に豆を炒《い》るようなくぐもった音がする。薩摩《さつま》に伝わった新しい兵器であることは義清ももちろん知っている。

だが、城に翻る笠原の旗は健在であるように思われた。

当然のことながら、城内には調略の手が伸びているだろう。武田勢が砥石城をすんなりと落とすかどうかは、信濃の国衆等だけではなく、周辺諸国の者たちも注目していることだろう。それは裏を返せば、村上義清の力を見ている、ということでもある。

やがて、物見の兵が戻ってきた。

四

「晴信が動いたと狼煙が上がりました！」

山国においては変事を報じるために狼煙をよく使う。天候に左右されやすいが、数里離れていても一瞬で意を伝えられる手段は他にない。

「槍を持て」

それまで山に潜み、炊事《すいじ》の煙すら控えてきた者たちは、ようやく戦いに臨めることに躍り上がって喜びをあらわにした。待つ方も戦意を維持するのは難しい。

「白髪《しらが》が増えたわ」

義清は二度三度と腰を伸ばす。まだ秋とはいえ、山の破れ城で日々を過ごすのは思ったよりこたえた。だが、武田晴信を討ち果たす決意と共に、活力が漲《みなぎ》ってくる。

「見る間に顔つきが変わられましたな」

「甚右衛門、傍目《はため》に見てわかるようでは俺《おれ》もまだまだ」

若者が恥じたように俯《うつむ》いた。

「何を恥じることがある。相手の顔色を正しく読み取って己の行いを決める。士に必要な技ではないか」

そう言うと義清は馬を下りて手綱を甚右衛門に渡した。

「馬はいかがなされます」

「後で使うからしばらくは休ませておいてくれ。もし午《うま》の刻を過ぎても俺が戻らないときは、そのまま坂城で戦うなり降《くだ》るなり好きにせよ」

甚右衛門は首を傾げつつも馬を木陰に連れて行った。義清に従う二千のうち、半分を街道脇に伏せさせる。そして貝を吹かせると、一気に砥石城めがけて走り出した。

義清は齢《よわい》五十というのに、少壮の者に先駆けた。総大将の先駆けなど褒められたものではないし、義清自身が常々諸将に戒《いまし》めている。だが、武田晴信相手となれば話は別だ。義清自身が敵を上回る武をもって先陣に立つことで、武田万全の備えを打ち破るのだ。

「信濃に名を揚げるは今ぞ！」

その雄叫びが轟《とどろ》くと同時に、東信勢が武田軍に襲い掛かった。

「ここで晴信の首を……」

義清は目の前に立ちはだかる武田の馬廻衆を突き伏せつつ前へ前へと進んでいく。

恐れも疲れも感じない。戦が始まると神が己のうちに入る。八幡《はちまん》なのか不動《ふどう》なのか、それはわからない。坂城には代々崇敬《すうけい》している社もあるが、その神は坂城を守る際にだけ力を貸してくれる、と若い頃から思い込んでいる。

「信濃の神々がお前たちを迎え入れると思うな」

武田の馬廻はさすがのつわもの揃《ぞろ》いだ。その構え、その踏み込み、刺突、どれをとっても一騎当千の武者だろう。だが今日は、己の方が強いのだ。戦では己の強さを信じ切った者だけが勝ちを得る。

「退《の》け、退け！　ここはお前たちの故地ではない。異国に屍《しかばね》をさらす覚悟がある者だけが俺の前に立て！」

義清の大喝にまず浮足立ったのは、荷駄や足軽たちだ。彼らも戦士ではあるが、主君からの距離が遠いほど戦への執着は薄くなる。それでいて、軍勢の大半を占めるのも彼らである。そこから崩していくのは戦の基本でもあった。

「それ、帰れ帰れ。佐久平への道は開いてあるぞ」

義清だけではない。皆がそう騒ぎ立てるので武田勢は乱れ始めた。義清の兜の前立が激しく揺れると、それに気付いた兵たちはざわめき、やがて歓声を上げた。

「晴信よ、汝《なんじ》は過《あやま》てり！」

笠原衆への固執を見抜いて虚を衝く。敵勢の乱れを見て、武田方が前がかりに城攻めに加わっていることを義清は確信した。戦機は到来した。義清は間道伝いに城内に人を送り、総がかりに攻めるよう命じた。

砥石城の背後には山塊《さんかい》が続いており、この間道を知る者は少ない。やがて城から鬨《とき》の声が聞こえてきた。城に籠るのはわずか五百に満たない。水も兵糧《ひょうろう》も乏《とぼ》しい中、ひと月守り続けていたにもかかわらず、城を開いて出てきた笠原衆の勢いは激しかった。

「敵を挟撃せよ。味方を討つな！」

義清は槍先に異様な気配を感じていた。

「大敵が近くにいる……」

武田の総大将はこの乱戦の中、意固地になっているはずだ。刀槍《とうそう》が甲冑《かっちゅう》を打つ鈍《にぶ》い音、鏃《やじり》が胴を貫く音が絶え間なく聞こえる。

「鉄砲に気をつけろ。火花の前に立つな！」

数は少ない。だが当たれば四肢《しし》のいずれかが吹き飛ぶ。ただ、正面に立たず、近すぎなければそうそう当たらないと義清は感じていた。武田方の鉄砲は数も少なくなっているのが散発の音から聞き取れる。腹背に敵を受けることほど、士気を下げるものはない。そうならないよう万全の備えをするのが陣取る際の鉄則だ。武田晴信は鉄壁の備えで陣を敷いていたが、義清はそこの隙を作ったのだ。

五

「こちらの方がまだ山と道に詳しかったな」

鍛え上げた大槍は何人もの命を奪ってさらに冴《さ》えを増した。

戦が終わればボロボロになって、多くの刃こぼれと血と脂にまみれて、どのように人の命を奪ったのか思い出せないだろう。義清の槍は決して止《とど》まることなく、旋風を巻き起こし続ける。

「武田の殿はいずこにおわす。上田原で負《お》われた槍傷のお加減をうかがおう」

やがて義清の左右には村上家中の槍衾が立ち始めた。

さほど豊かなわけでもない坂城の地で武威にものを言わせようとすれば、兵を鍛え上げなければ話にならない。槍一筋では勝てぬ相手でも、それが三本、四本となれば話は別だ。

この戦法を東信四郡全てが使いこなし、義清の下知に従わせることができれば、武田軍とも互角以上に戦えるだろう。その証を戦の中で見せつけねばならない。

それは成功しつつあった。武田晴信の旗印が戦いの喧騒《けんそう》の先に徐々に姿を現し、その旗はこちらに向かっている。その後ろには笠原衆の掲げる「無」の旗が激しく揺れている。武田晴信の首を誰よりも望んでいる者たちだ。

後退する敵軍を追い詰めるように包囲していく。逃げ場を失うと心は余裕を失う。平静さを失えば強者にも隙ができる。義清は槍先が敵の血肉で重くなるまで戦い、ついに武田晴信の姿を捉《とら》えた。

「信濃に手を出さねば死なずにすんだものを」

既に晴信の槍は折れ、太刀《たち》も激しく刃こぼれして鋸《のこぎり》の歯のようになっていた。その甲冑にはまだ面頰がついていて、晴信の急所を守っている。

その下から覗《のぞ》く眼からは白い光が放たれ、義清を睨みつけた。

以前よりも良い面構えになった。体も心なしか大きくなったように見える。若者が年月を経て、強い肉体を身につけていくのはよくあることだ。しかし、槍を合わせるうちに義清は異変を感じた。

槍や刀の使い方には、それぞれ癖がある。義清は武田晴信の槍使いを鮮明に覚えていた。

こちらの攻撃に対する反応が良く、理にかなった槍さばきだった。だが対している大将は強いことは強いが、精緻《せいち》さが無い。

「組もう」

義清が手を広げると、敵は応じた。両肩にかかる重さ。倒そうとする力は凡百のものではない。槍は戦場の華であり、組討《くみうち》は戦場の要《かなめ》だ。槍先で倒せる敵は所詮《しよせん》雑兵であり、名と腕のある相手は組み伏せて首を取らねばならぬ。

若い、と義清は感じた。戦を繰り返してきた人生だが、総大将の首を自ら上げることはほとんどない。それまでに戦が終わるのが常だからだ。

戦は相手を滅ぼすために行うものではなく、彼我の強弱を世にしらしめて新たな秩序を生むか、それまでの枠組みを守るためのものだ。

「なぜお前たちは諦めぬ」

総大将の命を脅《おびや》かされるような敗戦を味わった。それなのに武田晴信は執拗《しつよう》に信濃へ手を伸ばしてくる。

「志賀の城で非道をしてまで信濃を手に入れたいか」

晴信らしき武者の拳《こぶし》が鼻に向けて飛んできた。義清が身を反《そ》らせた隙に組み伏せた晴信から下から逃れようとする。背中を向けたところで晴信の首に手を回して、鎧通しを抜く。

その際に面頬が取れた。若者の整った横顔は、彼の知る武田晴信のものではない。

「お前は……」

義清の手が一瞬緩みそうになった。

「殿は信濃を諦めぬ」

若者は凛《りん》とした声で言い放つ。

「何のために！」

「我らの望みを満たすためだ！」

「望みだと？　国境を越えて人の土地を蹂躙《じゅうりん》するのが望みか」

「強き者がより多くを得る。得る喜びを与えるために殿は諦めず、我らは殿のために命を懸けて戦い続けるのだ」

影武者が哄笑《こうしょう》と共に鎧通しを突き出した瞬間、義清は若武者の頸《くび》の急所を切り払っていた。噴き出す鮮血を義清は避けなかった。

六

「殿！」

砥石の兵と共に、源吾が甲冑のあちこちに鏃を立てたまま駆け寄ってきた。

「ご無事ですか」

「晴信は逃れた」

「ではこの者は」

「用心の行き届いたことだ。次は俺も影武者を立てねばな」

立ち上がると全身に疲労がのしかかった。甲斐の軍勢は既に姿を消している。晴信は意地になって砥石城を攻めていたが、いざ退くとなるとおそろしく速かった。

「かなりの敵を討ち取りました。分捕った物も多いでしょう」

源吾は嬉《うれ》しそうだが、義清は憂鬱《ゆううつ》でもあった。

「佐久の者たちもこれで目を覚ましてくれればよいが」

「殿の武勲《ぶくん》は信濃国中に輝いたに違いありません」

「どうだかな……。ともあれまずはここまでだ」

義清は源吾の曳《ひ》いてきた馬に跨《また》がり、勝鬨を上げるよう命じた。無事な兵たちはほっとしたように声を上げる。傷ついた者は仲間に助け起こされ、命を落とした者は縁者に運ばれていく。彼らの視線が義清に向けられている。

その視線が問うている。この戦、結果に見合うだけのものがあるのだろうな、と念を押されているのだ。戦は負ければ多くを失う。勝てば何かを得られなければならない。

「武田は荷駄に火をかけて去りました」

源吾の報告を受けて義清は天を仰いだ。

「戦に加わった諸将を砥石に集めてくれ。戦勝の宴《うたげ》を開こう。評定《ひょうじょう》もせねばならん」

戦場に血と糞便《ふんべん》の匂《にお》いが立ち込めている。終わってしまえば、これほど汚穢《おわい》に満ちたものはない。戦いのさなかは華と輝きの中にいる心地がするのに、終わるといつもこうだ。そして戦が終わってからの方が、義清は忙しくなる。

「常田氏、銀三貫、八幡の大日方《おおひがた》氏には太刀二ふり、望月《もちづき》の源三郎《げんざぶろう》どのには……佐久の適当な地から二反《にたん》の田を与えると」

だが、筆をとって記していた源吾が険しい表情で義清を見た。

「足《た》りぬと言いたいのだろう。だがないのだ」

東信のましな土地で主のいない場所などない。義清自身の蔵入地《くらいりち》もあるが、そこを削ることは自らの力を弱めることにも繋がる。

「身を切るべきです」

源吾も苦渋《くじゅう》の表情で勧《すす》めたが拒《こば》んだ。

義清が東信四郡から中野の高梨氏の領域まで手を広げたのも、己に逆らった国衆や土豪の土地を従った者に与え、わずかながらも直轄の版図《はんと》としてきたからだ。

「新たに得ていればもちろん与える。だが此度《こたび》は退けただけだ。皆もわかってくれる。いや、わかってもらわねばならん」

砥石に至る戦いでは、義清たちは武田の侵攻から故郷を守った。だがそれ以上のものはない。ただ、これで武田に二度勝ったことで談合の場に引き出し、侵攻を止めることができれば全てが元に戻る。

「質《しち》を取られているのだろう」

「我らも取るべきです」

「各地から我が馬廻に加わってもらっている。それも質のようなものだろう」

「逃げるのも思うがままではありませんか」

「我らはもう長い付き合いだ。戦の前には形ばかりの質を取ることもあるが、それぞれ忠勤を誓《ちか》ってくれているのだから、ことさら縛りつける必要はあるまい」

それに、と義清は続けた。

「縛らぬからこそ、離反もせぬ。それが理《ことわり》というものだ」

「そこまでおっしゃるなら……」

と源吾もそれ以上言わなかった。

七

天文十九年の年の瀬がこれまでになく平穏なものになったのは、大敵を二度まで退けた安堵が漂っていたからだ。晴信の影武者を討ち取り、その本陣を敗走させた義清の武名は信濃国内にとどまらない。

「越後の上杉どのからも過分なおほめを頂戴《ちょうだい》した。懇意《こんい》にしている都の公家衆《くげ》からも祝いの使いがやってきたしな」

義清は上機嫌だった。

年賀の席には、東北信の各地から祝賀の使者が集まった。家の主《あるじ》の伺候《しこう》を義清は求めない。用があれば坂城に来てもらうこともあるが、往来が続いていて言葉を交わしていれば大方のことはわかる。

その時、門口の方から砥石の笠原衆より年賀が到着したと報《しら》せがあった。矢沢源之助が訪れたと聞いて、義清は自ら迎えに出た。諸氏の使いを広間で待っていただけに、それは別格の扱いといえた。

「矢沢どの、城の者たちの傷も癒《い》えたか」

「は」

矢沢源之助頼綱《よりつな》は椎茸《しいたけ》のように黒く焼けた頭を下げた。義清は源之助の手をとるようにして広間に招き入れ、

「砥石でのお働き、見事なものだった」

と激賞した。だが、源之助は年賀の挨拶《あいさつ》こそ口にしたものの、その表情は冴えない。

「……いかがされた」

口数は少ないが実直な男だ。義清は真田の一族に対しては不信感を抱いている。海野平での戦にしても、真田家が武田勢を引き込むような真似《まね》をしなければ、東信濃の戦乱が長引くようなことはなかった。

一方で、源之助は真田の出でありながら矢沢家の一員として義清に味方し、笠原衆と共に砥石の城を守って二度目の勝利に大いに貢献《こうけん》した。真田幸綱の調略も最後まで拒んだのは、その戦いぶりからも明らかだった。

「村上どの、いつになったら約定を果たしていただけるか」

その言葉に義清は顔をしかめた。

「まことに申し訳なきこと。依田《よだ》笠原の地はいつまでも武田の好きにはさせない」

「そう言われますが、上田平の南へ兵を進ませる気配もない。我らは務めを果たした。次は村上どのだ。それとも兄のように不義をなされるか」

源之助の言葉は新年の席に重くのしかかった。矢沢家はもと諏訪の一族で、隣接する真田家とは境目を巡って争いが絶えなかった。その紛争を収めるために源之助が養子として入った後、その関係はよくなったが、兄が武田について信濃に兵を引き入れたことに義理堅い源之助は腹を立てていたという。

「砥石での戦は矢沢どのをはじめ、皆の奮戦によって勝ちを拾うことができた。だが、決戦に備えて我らも疲弊《ひへい》した。しかし何故か、佐久平の者たちも晴信の醜態《しゅうたい》を目にしてなお目を覚まさぬ者も多い」

源之助は表情を変えないが、満足していないことは明らかだった。

「今年のうちに兵を南に進めよう。それまで何とか待ってもらいたい」

義清はそう言うのが精一杯だった。

「確たるものをいただきたい」

源之助の言葉に居並ぶ者たちは顔を見合わせた。

「それは起請文《きしょうもん》を出せということかな?」

「それでもよろしゅうございます」

「それで砥石の勇士たちの心が鎮まるなら喜んで起請文をしたためよう。だが、神仏に誓いを立てる以上は、必ず成し遂げなければならん。その前に、我らの間で目指すところを定めようではないか」

　義清にとってはそれが常のことだった。国衆と「惣大将」の間では、多くのやりとりがある。時には紛争の仲介や合力の依頼もある。その多くは使者の口上のやりとりで定められ、これまで不都合を感じたことはない。

「確たるものを求めています。我らが差し出した矢沢と笠原の誇りと命を懸けての戦ではまだ足りませぬか」

　源之助は重ねて求めた。

「もちろんそんなことはない。望みを得るに十分な働きぶりだ。ただ、今は年賀だ。また日を改めて話したい」

　源之助はかっと目を見開き何か言いたげであったが、義清は見ぬふりをした。

　宴はようやく穏やかな空気を取り戻し、酒肴《しゅこう》が回された。その時、坂城の北、屋代庄の主、屋代正国が義清の傍らに来て耳打ちした。

「矢沢どのの動き、ただならぬように思われます」

　信濃の杣人《そまびと》には忍び働きを得意とする者が多い。村上家だけでなく、有力な国衆は影働きを雇い入れて四方の情勢を探るのが常だった。

「あの者を疑うのか」

義清の言葉に正国は顔をしかめた。

「殿は砥石で戦った者たちを信じすぎですな」

「あれほどの戦いぶりを見せたのだぞ」

「それに十分報いておられますか？」

「……努《つと》めてはいる」

義清も佐久平の国衆たちに、武田から離れこちらに戻ってくるよう接触を続けてはいる。だが、どの使者も芳《かんば》しくない返事を携えて帰ってくるのだ。

「それほど志賀城の一件が恐ろしかったのか」

戦は相手が降れば許すのが常だ。その代わりに、降らなければどのような目に遭うか見せつけるのも一つの兵法である。武田晴信は激烈な形でその決意を示した。生首を並べて恐怖させ、それでも抗《あらが》った者たちを捕らえて奴婢《ぬひ》として売り飛ばしたのである。

何人かは縁者に身代金を払ってもらい救い出されたが、そうではない者もいる。女子供の境遇は悲惨だった。それが怒りと恨みを生む一方で、武田の領域に近い者たちには強い圧力となってのしかかっていた。

「いまや砥石より南に使者を送ることも難しい。矢沢どのはそこまでわかっていながらあのように俺を責める」

「もしや、ですが……矢沢どのは寝返ろうとしているのでは。己の分を立たせるために殿にあのような口をきいている」

正国は恐るべき推測を口にした。だが、義清は同意しなかった。

「あれほど武田相手に奮戦した者たちに疑心を抱くことはできん。味方のために命を張ってくれた笠原衆を疑ったとなれば、誰も我らに信を置かなくなるだろう。互いの信で我らはここまでやってきたのだ」

正国はしばらく考え込んでいるようだったが、

「それも理屈ですな」

と引き下がった。義清はさほど心配はしていなかった。佐久平はともかく、上田平に入れば村上家の威風は隅々まで行き渡っている。佐久と上田の境をなす砥石城で武田晴信の猛攻を退けたのは、上田原に続いて二度目だ。

笠原衆が守っているとなれば、いかに武田軍といえどもやすやすとは入ってこられない。なにより、義清は二度にわたって敵の本陣に突き込んだという大きな自信があった。

「戦になれば負けはせぬ」

その自信を裏付けるために、村上義清の度量を見せなければならなかった。国衆たちは利益としがらみを天秤《てんびん》にかけて爾後《じご》の行いを決める。天文二十年は、まずは戦に疲れた東信四郡を休ませる必要があった。

相変わらず天候は不順で、度重なる戦のせいで国衆たちも民も疲弊していた。ただでさえ民が飢えるような作柄なのに、甲斐の者たちは上田平に入って刈田をした。敵の力を奪うために田畑を荒らすのは戦法の一つだ。

「できるだけのことはせねばな……」

先年、義清が川中島《かわなかじま》に手を伸ばし、高梨政頼と戦うことになったのは、甲斐との戦に備えるためだった。武田晴信は用意の良いことに、父を放逐して東海の大勢力、今川義元《いまがわよしもと》と関係を修復すると、南の警戒を緩めた余力を全て北へと向けた。

伊那谷と木曽《きそ》を支配下に収めた際には、義清はさほど脅威を感じなかった。同じ信濃とはいえ、伊那谷は諏訪平の向こうであり、木曽はさらに遠い。どの勢力も無限に広がることはできない。あらゆる平、谷、山にそれぞれの主がいる。

彼らを懐柔《かいじゅう》し、征服しても坂城近くに至る前に力尽きる。だが、武田は伊那谷から諏訪平、そして松本平に勢力を広げている。甲斐の国主としても無謀とも思える勢いで、坂城からその先の善光寺平に狙いを定めているのは明らかだった。晴信の影武者の最期の言葉が脳裏《のうり》に再びよみがえり、義清は舌打ちと共に振り払った。

手は尽くした。だから二度も勝った。次も勝てる。そして信濃は変わらぬ平穏を得るのだ……。

八

一月も暮れようとする頃、気がかりな報がもたらされた。

「砥石城へ送った使者が戻ってこないというのはまことか」

義清は胸騒ぎを憶《おぼ》えた。

「反攻の時を待たねばならん」

そう諭《さと》すつもりで送った使者が戻ってこないのだ。それどころか、砥石が反旗を翻して武田方につくとの噂《うわさ》まで立っている。

「ありえん流言は効が少ない」

と始めは相手にしていなかった義清であったが、砥石の異変を認めざるを得なかった。やがて、矢沢源之助頼綱が城内の将兵を説《と》き伏せて武田に寝返ったとの報が入った。

もはや疲れが癒えるのを待つなどと言っていられない。武田晴信が苦杯を舐《な》めさせられた城を手中に収めただけで満足するはずもない。義清も佐久平から甲斐にかけて間者《かんじゃ》を送り込んではいたが、武田の動きを捉えることはできなかった。

「できるだけのことをしたが、足りぬか……」

義清は奥歯を嚙《か》み締めた。

「戦でわからせるしかない」

武田の軍勢は先だっての敗戦に懲りたのか、千曲川沿いの街道を北上するのを諦め、東の山中を北上して地蔵峠《じぞうとうげ》を目指しているとの報を得て、義清は国衆たちに陣触れを発した。

地蔵峠は、北国《ほっこく》街道の脇往還《わきおうかん》、傍陽《そえひ》と松代の境にある。だが、義清は軍勢を進めようとして、地蔵峠に武田が主力を差し向けることはないのでは、と考え始めた。

あの武田晴信が、二度おくれをとったこの「信濃惣大将」の目を盗むようなことをするだろうか。無数の謀《はかりごと》をしても、戦の際のみはある種の固執を見せる。

その手がかりを一騎打ちの際に摑み、義清はその答えに達していた。晴信は敗北を許せない。己が破れた相手を倒さねば前に進めない男なのだ。だからこそ、義清は必ず決着をつけにくると見ていた。

ただ、戦うごとに強くなる武田の軍勢と対峙するには相応の備えがいる。それが整わないのが義清の頭痛のたねだった。

「どうにも集まりが悪いですな」

南条甚右衛門は険しい表情だった。埴科の国衆たちは坂城に集まることになっているが、砥石をめぐる戦いの際は、総勢五千ほどの兵が集まった。その半《なか》ば以上は村上家以外から参戦している。

「前の半分ほどか」

「言い訳は色々です」

義清の側近たちは各地の国衆や土豪との取次をしていて、その口上に接している。義清自身が口にしていた激戦での疲弊、物資の不足、自身や兵を率いる立場にある者の傷や怪我《けが》……と理由をつけて出陣する兵数を減らしてくる。

「北に援軍を頼むほかあるまい」

「北といいますと、高梨や井上の軍勢ですな」

善光寺平以北の国衆たちにとっても、武田が差し迫った脅威となって久しい。砥石での戦も高梨政頼が後詰めに入ってくれたおかげで後顧《こうこ》の憂《うれ》いなく戦えた。

「いや、さらに北だ」

「おお、越後どのと……」

北信濃に加えられる圧力は、そのまま境を接する越後への脅威となる。そこを説けば長尾景虎《かげとら》は動かざるを得ない。

砥石城が武田方の手に落ちたとなっては、坂城を中心とする埴科の諸侯にも動揺が広がってしまう。兵を待つ間にさらに情勢を探ると、どうやら真田幸綱の調略によるものと明らかになってきた。

「村上家は頼みにならぬ、と喧伝《けんでん》しおったか……。自ら乱のタネをふりまいておいて、随分な言い草だ」

「ですが、何とか砥石をこちらに取り戻しておきませんと」

砥石、和合と抜かれれば坂城の地が蹂躙されてしまう。そのさまを見てなお義清に従おうとする者はいないだろう。義清は内々の者だけを葛尾の城に集めて軍議を開いた。

九

武田軍の先鋒は甘利虎泰の子、昌忠《まさただ》であると報じられていた。上田原でも砥石の戦いでも村上勢に痛撃をくらったとはいえ、武田家中屈指の名家である。しかし、

「甘利ごときが」

と義清は全く恐れていなかった。どれほど策を弄《ろう》しようと戦場に出てしまえば勝敗は五分でしかない。命のやりとりは腕と策と運のある者が勝つ。戦という枠の中で義清は絶対の自信を抱いていた。

「できれば上杉の世話にはなりたくないものだ」

義清は息子の源吾にこぼした。

「しかし、諸侯の信は厚いようです。義理堅いとも」

「そう見せるのも器量だ。高梨どのからも越後を頼ろうと使者が来ていた」

北信の者たちは長尾景虎を頼りにしている。武田よりは話が通じそうだと思われるのは、その戦ぶりや政の手触りが己に近いからだろう。

義清から見れば武田晴信と同じくらい獰猛《どうもう》で狡猾《こうかつ》で、自身が景虎に頼るのは最後の手段だと考えていた。甲斐に手出しをされるのは嫌だが、越後の指図を受けるのもまた危うい。

ただ、景虎は北信濃や埴科に向けてあからさまな野心を向けていない。あったとしても巧みに隠している印象だ。となれば、頼ろうとするのもまた人情だった。

「だからこそ、甲斐にも越後にも我らの力を見せねばならん。戦う気のない者が何万集まったところで役に立たぬ」

戦は数だと頭の中では誰よりもわかっているが、数が集まらない以上そう公言して将士を鼓舞するしかない。その鼓舞に力を与えるのは、義清がこれまで積み重ねてきた戦績だ。甲斐の名将を二度も退け、また敗退させたとなれば今度こそ武田につくことは誤りだと皆が認めるだろう。

上田原では板垣信方の慢心、砥石では城兵の堅い守りに武田晴信が焦り、その隙をついて村上方が勝った、と目されても仕方がない。それもまた策だ。だからこそ、此度は武田方を正面から破らねばならぬと考えていた。

砥石を押さえられた以上、佐久平から上田平への道は開かれてしまった。真田幸綱が開城の手引きをしたとなれば、当然真田郷は武田へついたと見てよいだろう。であれば、戦場となるのはさらに北へ引き込んだ場所になる。そうなれば上田平の諸氏も大きな戦に巻き込まれる。

「早々に決着をつけねばならんな……」

義清は心中の焦りを何とか抑え込んだ。武田晴信の麾下も連戦で疲れ、傷ついているはずだ。砥石で見せた執着を、自分に対しても見せている。どちらの心が折れるかの勝負を挑まれているのだ。

佐久平から北上してきた千曲川は、上田平に入って進路をやや西寄りに変える。西行した川筋の北には湿田が広がり、その辺りを常田という。さらに北側に丘陵《きゆうりよう》があり、かつてこのあたりに勢威を張っていた小泉氏の城館があった。

義清がそこに陣を敷くと、武田の大軍勢が粛々《しゆくしゆく》と進んでくるのが見えた。ひときわ大きな、孫子《そんし》の兵法を記した大きな幟《のぼり》が遠方からも望める。

「いい言葉ですな」

屋代正国はどこかのんきに聞こえるほどの口調で言った。

見えずとも何が記されているか皆が知っている。その戦い方こそが武田軍の恐ろしさを表していると噂されていた。

「逆だよ」

義清は嘯《うそぶ》いた。

「できないから、ああやって大きく書く。そして、できないと己でわかっているからこそ、晴信は恐ろしいのだ」

風林火山。

実際の晴信の戦い方はそのように派手《はで》なものではない。目指す敵の周囲を取り囲み、目に見えぬあらゆる策を講じた上で、じわじわと紙に水がしみ込むように弱らせていく。

義清はふと寒気を覚えた。

己ができないことを、わかっている。できぬことが、次にできるようになっている。それでもできぬなら、別の策を講じる。幼子ならいざしらず、一国の主がそのような心持ちを保てるものなのか？　翻って、己はどうなのだ……。

いや、自分も最善を尽くしてきた。この村上義清は紙でできた人形ではない。

小泉の屋敷は荒れ果て、屋根も落ちている。だが、敢えて敵の目に触れることを選んだ。それには兵を率いて参陣している国衆たちが反対した。

「ここでは敵に近すぎる」

「城としても古く、守りに適さない」

千曲川沿岸の要衝にある城は、たいていが急峻な山の上にあり、大軍で籠ることもできない代わりに、大軍を引き受けても容易《ようい》には落ちない。

小泉屋敷自体はそれほどの急峻な山あいにあるわけではない。

精強な武田軍を受けるには心細いことこの上なかったが、義清はそこから主力を動かすことを強く拒んだ。

「気は確かなのですか」

直臣以外の国衆は慌てふためいた。

「もし村上どのの判断が誤りで、全軍が滅びるようなことがあればどう責めを負われるおつもりか」

「我が断を受け入れられないのであれば、遠慮なく武田の軍門に降られるがよい。だが、武田晴信を二度にわたって破ったのはこの俺であり、また必勝の策を胸中に持つのもこの村上義清ただ一人だ」

「確たるものをお示しいただきたい」

「これまで二度、武田を破った。誰も勝てない武田晴信を二度敗走させたのは、俺がその心中にある勝利への固執と敗北への恐怖を見抜いたからである。その俺がここにいて、指揮をとる。これ以上確たるものはあるまい」

屋代正国も皆に向き直り、

「これ以上の談判は無用である。武田の悪辣《あくらつ》な企みを上田平より退けるのだ」

諸将もようやく声を上げて応じた。

武田軍は晴信の本陣を後方に置き、精強な長槍隊と弓兵を前面に出して押し寄せてきた。馬を使えないのは千曲川河畔《かはん》には湿地が多いためである。西岸の塩田平《しおだだいら》あたりであれば大会戦も可能だ。

この戦の目的の一つが自分であれば必ずこちらに来る、と義清は考えていた。武田菱が佐久平を発《た》ったのを確かめると、義清は本陣を常田の西へと移した。

出陣の間際になって、北からの援軍も間に合った。

「此度はわしも共に戦おう」

高梨政頼は力が入っていた。

「何度もかたじけない」

「何、盾になってもらうのだ。ただというわけにはいかんだろう」

北信の雄は冗談なのか本気なのかわからぬ表情で言った。

「もし戦に利がなくなれば、越後へ逃れよ」

「戦う前から不吉なことを言うな」

義清はたしなめた。

戦は縁起を大切にする。もし負けたら、などと思うのも不吉だった。だが政頼は義清の肩を一つ叩くと自陣に戻っていった。気分は悪いが大切な援軍で、しかも総大将自ら来てくれているのだ。言葉尻をとらえて責め立てるわけにもいかない。

夕刻になって武田勢が砥石の城に入ったのを認めた。

「見せつけおる」

義清は舌打ちをした。かつて武田への抵抗の象徴《しょうちょう》だった山城に武田菱が翻り、盛大にかがり火が焚《た》かれている。だがそこに攻めかかるほど愚《おろ》かではない。小城とはいえ細心の注意を払って縄張りしたものだ。

常田へ向かう村上勢を見た武田軍も動き始める。義清は川沿いを西進し、甲斐へ通じる街道筋を押さえる動きを見せ、またそのように噂を放っていた。主力が砥石にいる間に、武田の本陣を急襲するそぶりを見せる。

虚実のやりとりの間に敵を落とし込んでいく。

政ではあれほど恐ろしい武田の若者が、戦場では全く脅威を感じない。

「来い……来い……」

疾《はや》きことがうたい文句になっている武田軍の動きが鈍く見えた。次に武田の軍勢がどのように動くか、盤面を見るかのように明らかだった。そして十分に引き付けた後に、全軍に突撃を命じた。

常田の湿地は大軍が一斉に進める地形ではない。鈍重《どんじゅう》にも見えていた武田軍は義清の目にはもはや止まって見えた。味方の軍勢は武田方の旗を一本、また一本と倒していく。

「此度こそは晴信の首を取る」

思い返せば、二度しくじっているのだ。ここで敵の息の根を止めなければ、義清たちは武田の脅威にさらされ続ける。もしここで晴信を討ち取れば、武田に従っている信濃各地の諸侯も決起するはずだ。

湿田で縦長になった武田勢は算を乱して逃げ始めた。だが、何かが変だ。勝利が見えているはずなのに、魂《たましい》の奥底から滾《たぎ》り立ってくるあの熱く重い風を感じない。諸将も兵たちも不安げな表情で義清を見つめている。揺れぬ己の前立に気付かぬふりをして義清は命を下そうとした。

「追撃を……」

するべきかせざるべきか、義清は迷った。戦の中で迷いが出たら、それはせざるべきことだ。晴信が後ろに引いたまま前に出てこないのも気になる。

欠けた己を風林火山の幟で叱咤《しった》できる男が、これほどあからさまなしくじりを繰り返すか?

義清は武田の旗の下にあの男はいない、と信じるに至った。己に苦杯を舐めさせた男を前に、じっと待てる男ではない。躍起《やっき》になって前に出てくる己の性分をわかったうえで、そして義清の戦いぶりまで策のうちに入っているとすると、深追いは命取りになる。

「追うな。退き太鼓を鳴らせ！」

だが、太鼓を聞いて戻ってきた諸将は不満をあらわにしていた。

「敵は弱っていました。何故決着をつけぬのです。それを何より望んでいたのは殿ではありませんか」

屋代正国は珍しく激高といってよいほどに声を荒らげていた。

「……深入りすれば命を落とす」

「虎の穴に入る勇を失われたか。次の機会はもはやありませんぞ」

そう言い捨てると足音も荒々しく正国は去った。いつしか小泉館からは、国衆たちの姿が消えていた。

十

勝利を得たはずなのに、坂城は重苦しい気配に包まれていた。三度退けたはずの武田軍がまたもや攻め寄せてくる。義清は四方に使いを送り参陣を求めたが、ほとんど応ずる者がいなくなっていた。

「どういうことだ……」

東信四郡の諸侯が誰も戦おうとしない。

何度使いを送ろうと、誰一人動かないのだ。事に愕然《がくぜん》とした義清は、武田晴信が「戦」に勝ったことを認めざるを得なかった。


我、過てり。


武田晴信が対峙するたびに強さを増していく戦、謀、政の全てに義清は追いつけなくなっていた。

「我らだけでも戦いましょう」

南条甚右衛門は勧めた。だが、諸郡の軍勢の助けがなければ、もはや武田の大軍勢に抗うことはできない。

上田原で勝った。

砥石で追い詰めた。

常田でも退けた。

だが、味方であった四方の有力者たちがいつしか武田の命を受けている。何より義清を落胆させたのは、坂城のすぐ北を根拠地とし、政でも戦でも家老なみの働きを続けていた屋代正国が寝返ったことであった。

「葛尾に籠りましょう」

坂城の士たちは再度義清に求めた。村上家は最大で五千ほどの兵を動員できたが、いまやその十分の一ほどを動かせるだけだ。だが、これだけいれば葛尾の城を十分に守れる。厳しい懐《ふところ》具合の中、武具や兵糧の備えは怠《おこた》っていなかった。

「これまで通りなら……」

武田晴信の抜かりのないところは、援軍の通り道になるだろう千曲川沿いと、松代から真田にかけての峠道を押さえにかかっていることだ。太刀を差したところで、義清の動きは止まってしまった。

戦では勝ち続けた。勝つたびに俺は何をした。晴信は次の戦いまでどう時を過ごした。義清以外を相手に勝利を積み重ね、版図を押し広げ、新たに従った者たちに命を懸けさせるため確たるものを与え続けた。

五分の相手ではもはやない。戦場に出る前に、晴信は自分に思い知らせようとしている。

戦い続ければ、坂城の地は武田軍に蹂躙されるだろう。従えば屈辱《くつじょく》であろうと身を守れる。屋代正国たちが寝返ったのは、己の家を守るには村上よりも武田、なじみ深い東信四郡よりも甲斐を選んだ方がよいと判断したからだ。

矢沢源之助頼綱の求めていた「確たるもの」が自分にはなく、武田にはあった。それは国境を踏み越えて限りなく戦を続けることで、従う者により多くを与え続けられる。

一度与えられた者は、守ってさえいればそれで良しという従前の考えに戻ることはできなくなる。義清は目眩《めまい》を抑えるように、広間の柱に額を押しつける。

「戦の強さだけでは心を捉えられないのか……」

ではここでどれほど粘《ねば》ろうと、意味がなくなる。気づくのは遅れたが、武田と戦おうとする英傑《えいけつ》に力を貸し、己のしくじりを糧《かて》に勝利を得させることはできるはずだ。

兜を脱いだ義清は甚右衛門をひそかに呼んだ。

「お前はどうする」

その問いに怪訝《けげん》な表情を浮かべた。

「どうするも何も、葛尾に籠る備えを整えております」

「俺が坂城から落ちる、と言ったら」

甚右衛門の顔から一切の表情が消えた。

「それは確たるお気持ちですか」

「俺一人の意地のために坂城の民が死ぬ必要はない」

「ですが殿がここを落ちれば声望が失われます」

「それでも命があればまた再起できよう」

「必ずや戻ってくるとお誓いください」

「もちろんそのつもりだ」

「坂城の神に誓いを立て、これまで戦ってくれた全ての者に誓詞《せいし》をお渡しください。確たるお心を示して残すことこそが、坂城に戻るただ一つの道となりましょう」

「……わかった」

義清は出陣を取りやめ、その代わりに誓詞をしたためて渡した。武田に臣従する際に不都合があるなら、焼き捨ててかまわぬと言い添えると、嗚咽《おえつ》が聞こえた。

「これより越後の長尾どのを頼り、北信諸侯のために働こうと思う。我こそはと思うものはついて来てほしい」

十一

城に火をかけることもしなかった。坂城の地もこの城もまたかつてのような暮らしを取り戻す。そのためにはできるだけ形を変えたくなかった。

松代を過ぎ、善光寺を越えると道は間もなく山へと入る。中野、飯山《いいやま》から信越の国境を過ぎると、妙高《みょうこう》の山並みが見えてくる。冬になると深い雪に閉ざされるこの地域は、越後を守る天然の要害であり、また出入りを妨《さまた》げる障壁でもある。

妙高の山裾《やますそ》から長く緩やかな坂道を降るにつれて、田畑が広がっていく。越後の力の源はこの豊かな田園地帯だ。坂城の山と川に挟まれた狭隘《きょうあい》な地とは異なり、北に向かって延々と緑の沃野《よくや》が続いている。それでも、

「昨今の天候ではこれほどの田があっても苦しかろう」

と義清は見抜いていた。

「信州と上州は越後も欲しかろうな」

「それにしても、どうして国境を越えてまで兵を送りたがるのでしょうか。大軍を率いて長く戦に出ればそれだけ費《つい》えも多くなる」

南条甚右衛門は首を傾げる。

坂城衆は多くの者が信濃から出たことがない。和田峠や碓氷、地蔵といった他郡との境までがせいぜいだ。それだけに彼らの目には上越《じょうえつ》の風景が珍しいものに映る。

「それ以上に得るものが多い。苦しい時ほど、図体《ずうたい》の大きさは力になる」

「図体が大きいほうが大食いでは」

「そうであっても、手足も遠くへ伸ばせるほうが良いのだろう」

大小の有利不利は決めつけられぬ。戦の枠にはめ込んでしまえば、そう思っていた。

だが、大となった武田に小の村上は敗れた。

春日山《かすがやま》の巨大な城郭を前に、義清の胸は期待に高鳴っていた。晴信と同じく、配下となる者に与え、富貴栄達を約束し、戦に勝ち、勝たせることで長尾景虎はその約を果たしてきた。人の欲で累代《るいだい》の義理から引きはがして己の側につかせ、自らを「大」としてきた者の強さが漲っている。

「では、貴殿の『大』となりましょう」

長尾景虎は狐《きつね》のように鋭い視線を義清に向けた。

「深志《ふかし》の小笠原どの、諏訪どのの縁者の方々、そして村上どのと信濃衆が私を頼みとしてくれていること、恐れ多きことにて、その心を決して裏切らぬ」

力強い言葉に義清は感動した。

これで景虎は信濃の北部から中部、東部にかけて介入する「大義」を得た。さらには、坂城を併呑《へいどん》した後も北上の勢いを止めない武田に対して強烈な牽制《けんせい》となる。

「村上どのには根知城《ねちじょう》に入っていただき、南からの脅威に備えつつ我らにお力添えいただきたい。きっと坂城へお連れいたす」

根知、という城は名のみ聞いたことがあった。信濃から越後へ抜けるには、善光寺平から妙高の麓《ふもと》と千曲川に沿うか、松本平から安曇野、小谷《おたり》を経て糸魚川《いといがわ》へと北上するのが代表的な道のりだ。根知城は小谷から糸魚川に抜ける街道沿いにあった。

根知の城は城塞《じょうさい》としては葛尾よりもかなり大がかりなものだ。三の丸まで廓《くるわ》があり、深い谷に沿って二重の掘割が巡らされている。根小屋《ねごや》の城塞を中心として、上城山城《かみじょうやまじょう》、栗山城《くりやまじょう》からなる一大城郭だ。

根小屋城は尾根筋にあり、信濃の国境に対する砦として修築が繰り返されてきた。城の西に姫川《ひめかわ》、東から北に根知川が流れており、天然の掘割となっている。坂城は武田晴信が直々に治める地となり、残った者たちとのやりとりもままならない。それでも、武田が信濃の支配を着実に進め、反抗の兆《きざ》しもほとんど見られないという。

「戦よりも政で敗れたのだ」

義清は越後に来てようやく、戦で勝っても政と謀が足りなかったと認められるようになった。

晴信は、戦になれば人が崇《あが》めるほどの強さがあるわけではないが、戦に至る道筋を作るのが人並外れてうまい。それはもう一方の「大」である長尾景虎の麾下に入ったからこそ、痛感していた。

景虎も義清と同じく、戦に強い。そして何より政にも巧みで、越後越中《えっちゅう》から北信濃、上野《こうずけ》にかけて無数に割拠している諸侯をまとめ上げている。

「先年からの戦も見事なものだ」

冬の根知城からの眺めは白一色に黒の紋様が描かれた、水墨《すいぼく》の世界だ。あまりに深い雪は人の動きを止め、戦う気力も奪う。これが敗れるということか……。義清は敗北を己の力にしたあの男を思うことで懸命に自らを保っていた。

「越後衆は冬に動かぬものと決めているようだ」

それは別におかしなことではない。坂城は冬になれば晴天が続くが、寒さが厳しい折は出歩かないのが常だ。だが、もはや全てが常ではない。長尾景虎は関東から信濃にかけての広大な地域に介入する大義名分を得て、またその大義に従って軍を動かしているはずだった。

「だが、どうしてもう一歩を踏み出して下さらぬのでしょう」

息子の源吾国清は首を傾げた。

甲斐と越後の両雄がぶつかり合うのは善光寺平の千曲川の広大な氾濫原《はんらんげん》、川中島だ。両者ともに調略の限りを尽くし、結果的にここに軍勢を出す。景虎の戦いぶりは鮮やかで、善光寺平に押し寄せる武田軍を度々退けている。だが、晴信の調略はその戦果を上回り、中野の高梨政頼の版図も蚕食《さんしょく》される事態となっていた。

「人が休む時に動く。考えぬ時に考える。そして人が何を欲しているかをつきとめ、それを餌《えさ》にして釣り上げる」

武田晴信が人より抜きんでている点がそこだ。彼にとって戦はあくまでも望む結果を得るための過程に過ぎない。

景虎は村上義清ら信濃衆を大切に扱ってはいたが、あくまでも客分としての扱いである。それも当然の話で、流浪《るろう》の将となった彼らに往時の力はない。

だが義清はじっと待った。

武田晴信と長尾景虎はいずれ正面から戦うはず。その時のために義清は根知で寄騎《よりき》につけられた者たちと交わり、武田家の戦い方を教え、そして根知の民の中に自ら入って田畑を拓《ひら》いた。

そして、北条氏康《ほうじょううじやす》に敗れた関東管領上杉憲政が越後国へ逃れ、景虎に上杉氏の家督《かとく》と関東管領職の譲渡を申し入れたことから事態は動く。

永禄《えいろく》四(一五六一)年、景虎、名を改め上杉政虎《まさとら》が精鋭を率いて小田原城《おだわらじょう》まで長駆遠征した際に、同盟相手の北条氏を助けるため晴信、名を改め信玄《しんげん》は軍を北信濃に進める姿勢を見せた。その際に松代の海津城《かいづじょう》を増強したのは、義清にとって好機となった。

「これで上杉も動かざるを得まい」

高梨政頼が言っていた通り、越後上杉の強さは甲斐武田を別にすると他を圧倒していた。その強さが健在なうちに信玄を戦場に引きずり出し、その首を取らねばならぬ。信玄のような巧みな政と謀を世は求めているのかもしれぬ。それでもやはり、義清は最後に己の武と戦で、その流れに抗ってみたかった。

義清は春日山城下に信の措《お》ける者を送り、政虎の動静を油断なく探っていた。そして寝返った海津城に対して激しい怒りを抱いているとの報を得て、春日山に使いを送った。戦を前にぜひ謁見《えっけん》したいと懇願《こんがん》したのである。

十二

「心配せずとも、村上どのには心置きなく働いていただく所存だ。これまではわざわざのご出馬は無用のことと考えていたが、此度はそうはいかぬ」

政虎の言葉に義清はさらに膝を進めた。

「私は信玄を三度退けています」

「もちろん承知している。根知の村上勢は他の信濃衆と併せて犀川《さいがわ》の……」

だが義清は頷くこともせず、じっと政虎を見つめている。それに気づくと、

「そういえば私は北信濃についてはいささか知っているが、埴科のことはまだわからぬことが多い。海津城を落とせば上田平、佐久、そして上州、村上どのは詳しかろう」

政虎はことさら朗《ほが》らかに左右に言うと、酒の用意をせよと命じつつ立ち上がった。そして奥の茶室へと義清を招き入れたのである。そこには茶の湯道具はなく、代わりに杯が整然と並んでいた。

「広間だと素破《すっぱ》が聞いていることもあるのでな。ここならどこに鼠《ねずみ》がいるかまでわかる」

政虎、のちの上杉謙信《けんしん》をここまで近くで見るのは初めてだった。長尾家は越後の名家だ。厳しい跡目争いを勝ち抜いたあたりも武田信玄と同じだ。その育ちの良さを感じさせる顎《あご》の線も、似ている気がしていた。

「私は信玄を許せんのだ」

政虎は膝を詰め、熱っぽい調子で言った。

「やつは多くを変えすぎている。公方《くぼう》の権威を無視し、人々が累代守ってきた地を蹂

蹴し、人をかどわかし、甲斐の流儀を押し付ける。私はそのようなことはしない」

政虎はこの年、小田原の北条氏を攻めていた。上州の諸侯の求めに応じ、彼らを率いる形であったが、その上野衆の足並みが揃わずに勝手に退却する者も出たために包囲を解いている。だからといって、退いた者を罰するようなことはしていない。

「海津を落とせば必ずや坂城へ軍を進めるだろう」

「さればでございます」

義清はある策を政虎に囁《ささや》いた。それはごく短く、しかし政虎に驚きを与えるに十分なものであった。

「その策、もし成ったときは村上どのの……」

だが義清は手を上げて制した。

「全ての功はあなたのものです。その前に、私が戦場で感じた信玄の全てを学んでいただきたい。己が信玄であると感じるほどに」

政虎はじっと義清を見つめ、ゆっくりと頷いた。

海津城のある松代は、西前面に千曲の流れ、東の背後に東信から北信、遠く越後国境に繋がる山並みが控えている。その尾根筋には古くから街道が通じ、村上義清が坂城を去った今、武田方は自在に軍勢を往来させることができた。

そこで上杉軍が陣を敷いたのは、松代の南にある屋代との境、山肌が川筋に接する地に聳《そび》える妻女山《さいじょさん》だった。この地を押さえることで松代の山中と川筋の街道の両方に監視の目を光らせることができる。

敵は当然、この地を奪われたままではいられないので反撃に出る。義清からすれば、善光寺平はよく知る場所だ。妻女山と海津城に軍勢がいれば、激突できる場所は限られてくる。

数日後、陣触れが各城に回された。その際に、一つの葛籠《つづら》が政虎から義清宛《あて》に届けられた。ことあるごとに礼物のやりとりがあるのは珍しいことではない。

「殿、それは？」

源吾に問われても義清は戦に入用だとしか答えなかった。

「此度は存分に戦えるのでしょうか」

荷物の中身よりも坂城衆はそれを気にしていた。いずれ帰るにしても、残された者たちの心を引き寄せるような戦いぶりを見せなければ、いや、これまでの勝利すら忘れるような戦いぶりを見せつけなければ、離れた人心は戻ってこない。

「我らが奮戦して見せれば坂城の者たちも蹶起《けっき》してくれるかもしれません」

それは無理だろう、とは言えなかった。戦えば何を得られるのか。今はもうそれを明らかにできない将に人はついてこない。

「そのためにも信玄の首を取る」

義清に今言える「確たること」といえば、それしかなかった。

政虎の主力が川中島に押し出せば、信玄も前に出てくる。だが、最前線ではない。

「総大将が軽々しく前に出るものではない、というところだろうがそうではない。乱戦を前にして意固地になってしまう己を恐れている」

「と、なれば……」

「意固地にならずにはおれぬほど、前に引きずり出すまでだ」

十三

政虎は海津城の動きを抑えるため、妻女山に軍勢を移した。無論大軍勢の移動だから全く秘密裏に行えるわけではない。信玄は政虎の動きを見ると、今度は逆に海津城との間に挟み込むように、千曲川の対岸、篠ノ井《しのい》の茶臼山《ちやうすやま》に陣を敷いた。

その間にも互いの調略は絶え間なく進んでいる。

村上義清の元にも屋代正国から武田方に付くようにと使者がやってきた。信玄直筆だという書状を携え、その中には、この戦で義清が信玄につき、上杉政虎を退けた暁《あかつき》には、これまで通り「信濃惣大将」の肩書きと北信一円を与える、とあった。

「思い切ったことを」

と一笑に付したが、すぐに表情を戻した。

人を地から引きはがし、また新たに与えることは容易なことではない。民も士も常であれば変わることを嫌う。今日と異なる明日は誰にとっても重荷だ。ただし更なる富貴を伴う場合はその限りではない。

信玄はこうして敵であったものを味方につけてきたのだ。与えることを躊躇《ちゅうちょ》しない。その思い切りの良さは認めざるを得なかった。

あとは総大将の采配《さいはい》と諸将の働き、そして天運次第《しだい》である。

海津城の武田軍は妻女山を攻めるべく城を出ていた。急ごしらえとはいえ山によって砦の体裁《ていさい》をとっているため、守りに入れば容易に落ちない。だが、山に籠ることは身動きもとれなくなることを意味する。

十分な兵力があるなら反撃のために城から討って出ることも当然ある。覆面《ふくめん》の総大将は妻女山ではなく、千曲川の河畔にいた。夜陰に紛《まぎ》れて雨宮《あめのみや》渡《わたし》に集結しているのは、上杉方の精鋭千騎ほどであった。

飯綱権現《いづなごんげん》をかたどった前立の兜が激しく揺れたのを合図としたように、先頭に立った者が瀬踏《せぶ》みをしつつ渡河していく。川の表情に詳しい者らしく、その足取りには迷いがない。越後衆もその後に続いていく。

わっと、喚声《かんせい》が風に乗って聞こえてくる。銃声もするが、誰も振り向かない。雨宮渡からやや南に下ったところにある浅瀬を素早く越えた上杉勢は、一度隊列を整えると、猛然と走り出した。

篠ノ井の茶臼山下には武田の旗が翻っている。その旗の数は少なく、主力はいずこかへ去っている。上杉の別動隊が青木島《あおきじま》を急襲し、武田勢もそれに対するために動いているのだ。

武田信玄がそこに残っているかどうかもわからない。だが、上杉勢は止まらない。茶臼山の山肌に数段の構えを敷いて守りを固めている武田の一段目に襲い掛かり、蹂躙した時には上杉方の先頭は既に茶臼山の中腹に達していた。

山に慣れた信濃の馬も足をくじくほどの急坂の先頭で槍を担いで突進するのは、飯綱の神を戴《いただ》いた総大将だ。大槍を自在に操り、精強の馬廻衆を寄せ付けない。

「止めろ！」

叫ぶ男ののどを槍先が貫き、返す一撃で別の武者の胴を薙《な》ぐ。えりすぐりの上杉の精鋭も雄叫びを上げて武田の本陣へと吶喊《とつかん》する。だが信玄は退かない。

そうだろうとも。総大将は覆面の下で笑みを浮かべた。ここで信玄が退けば、妻女山に攻めかかっている者たちも、おそらく八幡原《はちまんばら》で待ち構えている伏兵も、海津の城兵も浮足立つ。

総大将としての振る舞いを決して誤ることのない男だからこそ、その心を逆手《さかて》に取ることができる。総大将は覆面に手をかけようとしたが、思いとどまって下ろした。代わりに、

「上杉政虎、ここに見参。武田信玄殿に馳走《ちそう》いたす」

そう大声で叫んだ。その声に味方は奮い立ち、敵は狼狽《ろうばい》した。万を超える軍勢を率いる総大将が槍を担いで先頭に立つなど異様だ。たちまち鏃と鉛玉が集中するが、その体には当たらない。

毘沙門天《びしゃもんてん》よ、と将は願った。己が持つ全てを捧《ささ》げるから、信玄の首を授けてくれ。

かがり火は既に消されている。乱戦の中、そこだけは奇妙な静けさに包まれていた。さすがだ、と将は感心した。この一場だけ見れば負け戦だというのに、意地になっているのか、それとも勝ちを確信しているのか。

だが、大きな戦の勝敗を別にして、この男の首は上げねばならぬ。近侍二人を突き

伏せて本陣へ躍り入ると、静かに佇立《ちょりつ》している男の姿があった。

「愚かな戦をする」

信玄は吐き捨てるように言った。

「俺の好む戦の作法ではないな、政虎」

「俺もお前の戦の作法が嫌いでな」

その声に信玄は初めて動揺を見せた。

「きさま……」

そこで覆面を剝《は》ぎ、義清は初めて面《おもて》をあらわにした。

「なるほど、もはや村上義清の名では大勢を動かせぬか。三度俺を退けながら、結局は勝ちを得られぬ悲しさよ」

「ここでお前の首を上げれば、わしはそれでよい！」

二人の大槍が激しく火花を散らす。十合、二十合と叩き合ううちに義清は疲れを覚え始めた。対する信玄は全く表情を変えない。

「時はむごいな」

その内に、背後から別の喧騒が聞こえてきた。

「無駄に使うとあっという間にその時が来る」

それはお互い様だ、と義清の槍が信玄の槍をへし折る。

「お前は共に戦った者に何を与えた？　何を守った？」

信玄はゆったりと問う。

「奪いすぎずに守ろうとしたが、果てしなく奪って己の力にするお前に敗れた。だが人の欲に応えられなくなった時どうする？　今度はお前が全てを失うのだ」

「負け惜しみで気が済んだか」

信玄が太刀を抜いたところで、新たな敵勢がなだれ込んできた。義清は後ろから襟《えり》髪《がみ》を摑まれた。ふと見ると、自分の甲冑を身に着けた武者が見つめている。

「村上どの、ここまでだ。退くぞ」

そのまま引きずられるように坂道を駆け下りていく。茶臼山から善光寺まではそれなりに離れているはずなのに、あっという間にたどり着いた気がした。上杉方の軍勢が次々に集まってくる。その多くが疲れ、傷ついていた。

「退き陣はかねて申し合わせていた通りに。また次を待つほかない」

政虎が勝鬨を上げるように命じている。その後ろ姿にそれ以上何かを求めることはできなかった。政としての戦を、政虎はこれ以上求めていない。義清の戦は政虎の政の枠から外れては、もはやありえないのだ。

※

武田と上杉が直接激戦を繰り広げることは、その後なかった。深い雪が降り、また溶け、そして深い雪の季節が訪れ、義清の命もまた溶けようとしていた。

病を得たわけではない。大きな傷を負ったわけでもない。根知という要《かなめ》の地を預けられ、越後の強兵を率いることを許されている。武田信玄に何度も勝利した栄誉は信越のみならず北陸一帯にまで鳴り響き、その教えを請《こ》う武人も後を絶たなかった。

村上源吾国清は父の枕頭《ちんとう》に腰を下ろし、かける言葉も見つからず黙然と座っていた。

「このようなところに来ずともよい。お前の父は、主君は春日山におわす」

「今だけは昔に戻らせてくだされ」

「……」

息子が何か言いたげな口元に耳を寄せた。

彼は謙信の養女を娶《めと》り、上杉の一族となって仕えている。村上の家名が絶えることを恐れる息子に、「大」で「確」たることをとれと諭したのは義清であった。

「戦場での勝ちに目を眩《くら》まされるな。勝ちに執着するでない。相手の息の根を止めぬ限り、何も終わってはいないのだ」

「しかし父上は信玄に三度……」

「それよ。わしは三度勝つことで見えなくなってしまった。その誤りを決してなぞるでないぞ……」

言い終えると、深いため息をついて瞼《まぶた》を閉じた。髷が、一度小さく揺れて止まった。


武田信玄が戦場に出ること七十余回。ほぼ負けなしの戦績の中、二度、三度と土をつけたのは村上義清のみであった。しかし信玄は数少ない敗北を無駄にせず、さらに己を高めて関東と甲信に大いに威をふるった。

一方の義清は無敵の信玄を戦場で圧倒しながらも、かえってその勝利に眩惑《げんわく》されてその後の策がおろそかになった。

信玄の死後間もなく、武田家はより「大」なる力を手に入れた織田《おだ》家に滅ぼされた。武田家もまた、信玄亡き後は積み上げげた勝利の輝きに目が眩まずにはいられなかった。

義清は全てを失ったものの、家名を失ってでも息子を山浦《やまうら》上杉家へと入れ、やがて息子国清は海津城を与えられ、故地を回復したという。

第三話　土竜《もぐら》の剣

一

筑前名島《ちくぜんなじま》の城塞《じょうさい》のほとりで、少年は膝《ひざ》を抱えて座っている。

新しい天守《てんしゅ》はその影を紺碧《こんぺき》の海に映し、大小の船が掲《かか》げる白い帆がゆったりと波の上を漂っていた。兵糧《ひょうろう》や武具をはじめ筑前筑後《ちくご》三十七万石を支えるさまざまな物資が海を往来している。

夏の日差しが海風を呼び、時折山を覆《おお》う木々が音を立てて揺れた。天正十五（一五八七）年七月中旬、岩見重太郎《いわみじゅうたろう》は父の帰りを待っている。小袖《こそで》の気楽な姿に見えるが、その下にはしっかりと帷子《かたびら》を着こみ、太刀《たち》を抱えている。脇《わき》には少年の背丈ほどもある長櫃《ながびつ》が置かれていた。

やがて、父の姿が城の勝手門から出てくると、重太郎は影のようにその後ろに従う。

「備後竹原《びんごたけはら》へ向かうぞ」

「は……」

行き先を聞いただけで何をすべきか、重太郎は悟った。

「これを」

抱えていた厚身の太刀を父に手渡すと、櫃を軽々と担《かつ》ぎ上げた。

「手入れは？」

「万全です」

竹原にはある貴人が訪れることになっている。

伊予《いよ》の国主であった河野通直《こうのみちなお》は、今や天下の半《なか》ば以上を手中に収めた豊臣秀吉《とよとみひでよし》が四国を攻めた際に、従うか戦うかを決めかねているうちに大勢が決してしまった凡庸《ぼんよう》な君主だ。

生かしておいたところで何かできるわけではない。だが、古くから四国に根を張ってきた者たちのうち、豊臣の天下に資するものではないと判断されれば処断することになっていた。ただ、河野氏は毛利《もうり》と小早川《こばやかわ》に頼って降《くだ》った経緯《いきさつ》もあった。

「だから苦しまぬよう、という仰せだ」

父がこう言うのは主君である小早川隆景《たかかげ》から直々の、しかも密《ひそ》かな命を受けている、ということだった。岩見重太郎の父、重左衛門《じゆうざえもん》は剣術師範という「名目」で小早川家に仕《つか》えている。中条《ちゆうじよう》流の流れを汲む戸田《とだ》流を修《おさ》め、主君や重臣たちの子弟に剣、槍《やり》、組討《くみうち》を教えていた。

「まさかこれほど早く教練が務めとなるとはな。剣術師範などなるものではない」

竹原への道すがら、重左衛門はぽつりと呟《つぶや》いた。父なら誰《だれ》の師にもなれるだろう。

その強さを目の当たりにしている重太郎は誇らしい。しかし、

「己に勝てる者などいないと思うことこそ死の入り口よ」

と息子をたしなめた。小さく細い背中で、いわゆる剣気といったものが立ち上るわけではない。主君の密命を果たすのに派手《はで》な装《よそお》いや魁偉《かいい》な容貌《ようぼう》など不要だ、と教えられてきた。

だから時折、

「重太郎、血相を変えるな」

と叱《しか》られる。

重太郎も殺気を噴き出して歩いているわけではない。それどころか父のようにただ静かに歩もうとしているのみだ。それでも叱責《しっせき》される。

「あてもなく放たれる気魄《きはく》など、飾《かざ》りにもならん。土の下に隠れていれば無駄な戦いを避け、狙《ねら》う相手のみを討てる」

戦は日常から遠くなりつつあった。合戦の記憶を豊かに持つ武者も少なくなってきている。実際、重太郎に物心がついた頃《ころ》には、中国地方の多くは小早川隆景属する毛利家の膝下《しっか》に屈していたし、信長《のぶなが》、秀吉との激闘は重太郎が戦陣に参する前に終わってしまっていた。

四国征伐も九州征伐も、岩見家が表立って活躍することはない。秀吉の最大の敵であった毛利氏が味方についた後、秀吉は過剰ともいえる厚意を毛利家に見せた。四国、九州平定の功績大なりとして、毛利輝元《てるもと》だけでなく、その股肱《ここう》である小早川、吉川《きつかわ》にも莫大《ばくだい》な知行を与えたのである。

「これは危ういことだ」

重左衛門の口調は暗かった。

「めでたきことではないのですか」

「重太郎、お前も高禄《こうろく》をもって召し抱えると言われたら首筋に刃《やいば》を当てられたと思え」

「は……」

「我らの剣は常に地の底に潜《もぐ》り、光を放ってはならん」

物心ついた頃からそう叩《たた》き込まれてきた。誰よりも強く、そして暗く。それが岩見の武である、と。

主家が大きくなるにつれ、家臣たちの羽振りも良くなった。他国から仕官を求める者が名島城の門前に日々列をなしている。

「しかし、河野の殿は何か咎《とが》があったのですか」

「咎があるから死なねばならんのか？」

父は乾いた声で言った。

「これまで戦に敗れた者が多くこの世から姿を消した。彼らには何か咎があったのか？」

叱るでもなく、ただ淡々と訊《たず》ねる。重太郎はこのような問いを投げかけてくる時の父が苦手だった。何を答えても正しいことを口にしている気がしない。

「兎《うさぎ》になっては狩られる。走狗《そうく》となっては煮られる。土竜《もぐら》であれば誰の手も届かぬ」

父子《おやこ》はそれから全く言葉を交《か》わさぬまま、筑前から海を渡って安芸《あき》へと向かった。


途上、父子は安芸広島《ひろしま》に立ち寄った。

山陽道最大の城市だけに、重太郎が見たどの町よりも華やかだ。武家町、商人町に加えて妓楼《ぎろう》が軒《のき》を連ねている一角もある。門前で水を打っている娘の肩の辺りで結《ゆ》われた黒髪に、夏の日を受けた輝きの輪が生まれている。

視線を感じた女性が重太郎に気づくと、口元に艶《えん》な微笑《ほほえ》みを浮かべて会釈《えしゃく》をした。ふと心が和《やわ》らぐような思いがしたが、父の冷たい視線を受けて慌てて前に向き直った。

「光に気を取られるでない」

こう叱られるのは初めてではない。

「三年参籠《さんろう》をやり遂げたのは立派だったが、三鬼山《みきさん》の天狗《てんぐ》は肝心《かんじん》なことは教えてくれなかったようだな」

敵地にいるわけでもないのに、と重太郎は内心舌打ちをしたが、俯《うつむ》いたまま何も言わない。かつて病弱だった重太郎は、一念発起して山に入った。兄の重蔵《じゅうぞう》は既に父に武芸全般を学んでその天分を家中《かちゅう》に響かせていた。

文武の才もない次男坊など何の役にも立たない。そう絶望した重太郎が半ば自ら命を絶つつもりで三鬼山へと入ったのは十歳の時だった。往古《おうこ》から不思議な伝説に彩《いろど》られた山で、幼き日々に家宰《かさい》の老人から鬼や神仙の物語を聞かされて育ってきた。人の世界で生きていきたくない。鬼に食われるか、そうでないならその一員としてひっそりと里の民に恐れられつつ鬼として生きていきたい。

だが、山中にいたのは鬼でもなんでもなく、恐ろしいほどの武術の達人たちだった。名乗らず、誇らず、ただ山中の社《やしろ》や廃寺に暮らして修練を積み、何も求めることがなかった。

「懐かしい剣筋だのう。土竜の剣かね」

廃寺の一番奥にいたその老人は果たして本当に人だったのか。天狗や山の神が変化《へんげ》した者かは定かではない。ただその日から三年の間、彼らと起居を共にして、ひたすら武技を練った。

その間も彼らが互いを名で呼ぶことはないし、重太郎自身も名を呼ばれたことはない。名を何より重く見る世にあって、これ以上奇妙なことはなかった。

日々交わりは深くなるように思えて、だが一方で何一つ明らかにならなかった。ただわかるのは、彼らの武が凄《すさ》まじく、この山には何人《なんぴと》も手を出せないということだけだった。

「出よ」

山の老人に出会ってちょうど三年経《た》ったある日、重太郎はふいにそう告《つ》げられた。

「何か不始末でも……」

「里に下りる時が来た」

「しかし、私の修業は何も完成しておりません」

「では自ら完成させよ。それだけのことは教えてある。ここから先は滅びるも栄えるもお前の才覚一つ」

そしてふと目を細めた。

「お前の武は土竜の剣に満足できまい」

「しかしそれは父が……」

老人はそれ以上何も答えず、立ち上がるとそのまま奥へと消えた。人の気配が一切なくなったことに重太郎が気づいた時には、社にはそこに人が数年住んでいたという痕跡《こんせき》すら皆無《かいむ》となっていたのだ。

生家に戻った重太郎を見て家中の者は大いに驚いたが、父の重左衛門だけは表情一つ変えず、剣を構えさせると一つ頷《うなず》いただけだった。労《ねぎら》いの言葉もなかったが、いずこかへ影働きに向かう際には、重太郎を伴うようになったのである。

二

重太郎は父に伴われて「お務め」を果たすことを喜んだ。密命を受けて主君の影となって内なる敵を討つ。罪なくして消えなければならない命がある。表ざたになれば主家の名折れとなるが、大きな政《まつりごと》の中では必要なことだ。家を継ぐ兄とは違った信頼を得ているのが、重太郎は嬉《うれ》しかった。

広島からおよそ一日で竹原の城下に入ると、小早川家の故地にしては質素で静かな気配に満ちている。懐かしい故郷の香りを大きく吸い込む。父はさほど感傷はないようで、淡々と歩を進めていく。

「行け」

父がくちびるの動きだけで命じる。

その先に、豪壮な甍《いらか》が夕闇《ゆうやみ》の中に聳《そび》えていた。伊予国主であった河野通直が滞在している寺院だ。父が足を止め、それを合図にしたように重太郎は壁の中に忍び入る。

広大な伽藍《がらん》だが、人の気配はほとんどない。

累代《るいだい》伊予の国主であった者が、精鋭の近侍《きんじ》を伴うことも許されず広い寺に入れられている。小早川隆景は河野通直が降伏した際にその取次を務めていた。隆景は凡庸な通直に対して害意はない、と表向きには話していた。

重太郎の得物《えもの》は二つある。鉄に無数の突起をつけた長大な鉄砕棒《かなさいぼう》と、丈が短く刃の厚い太刀だ。長櫃から取り出した鉄砕棒をまたしまい直した重太郎は、腰の太刀を確かめ、闇に包まれた庭を進んでいく。

重太郎は河野通直にどの程度の武勇があるかは知らない。相手の力量を知ってあれこれ策を講じるのは将の役割だ。殺すだけなら命を奪い、そこから無事に去ることだけを考えれば良い。

庭木の陰に静かに立ち、境内《けいだい》で息づいている命を数える。庫裏《くり》に数人、そして客間に一人だ。警護の兵もいないのは、彼が護衛をつける必要がないと考えているのか、それとも主君が禁じたのか。

庭から廊下に上がっても室内の気配に動きはない。部屋に灯《あか》りがちらちらと揺れて障子《しょうじ》に座している人影が見えた。外から影が見えるところに座るなど、その時点で既に心得のなさが明らかだった。

咎なく命を奪われるのは憐《あわ》れだが、心得なく命を落とすのは能がない。このまま部屋に踏み込んでその命を断てば務めは終わる。だが、影がふと立ち上がったことで重太郎の計画は変えざるを得なくなった。

心得がないと見せていたのは、謀《はかりごと》かもしれなくなった。己を危険にさらして狙ってくる敵の姿をあらわにもし、返り討ちにするという策もないではない。重太郎は腰をわずかにかがめて柄《つか》に手を軽く置き、通直が出てくるなり抜き打ちにすることに決めた。

夏の夜半ではあるが、風はひんやりと冷たい。海からではなく山からの風は、三年を過ごした三鬼山を思い出させた。障子が開いて、中の男がそろりと出てきた。何の警戒心もなく、ただ月を見に来たという風情《ふぜい》で、重太郎は踏み込みをためらった。

「きれいだね」

まだ少年のあどけなさが残る微笑を浮かべている。

「……何がだ」

思わず問うてしまうほどに無防備だった。

「あなたの構え」

年は二十歳を過ぎたくらいだろう。若者は居合《いあい》で己を斬《き》ろうとしている重太郎を見ても怯《おび》えを見せなかった。躊躇《ためら》った己を恥じ、刃を一閃《いっせん》させる。

人の肉体は、戦場で鍛《きた》えられるほどにその筋骨自体が鎧《よろい》のような堅牢《けんろう》さを備《そな》えてくる。だが、まるで花びらでも斬ったかのように手ごたえがない。この清らかで美しい青年は、戦乱の世にあって己を鍛えることをしていないか、しなくなって久しいと思われた。

命が絶えるその瞬間まで、その美しい笑みは決して消えることはなかった。

「ふざけたことを」

重太郎は怖くなって慌てて寺から出てしまった。壁の外で待っていた父に首尾を聞かれると、

「確かに命を奪いました」

平静を装ってそう報告した。

「……不心得者め。返り血を浴びすぎだ」

そう言われて初めて頬《ほお》についた血に気づいた。

三

重太郎たちは竹原から広島、そして名島へと戻った。父子が言葉を交わすことはほとんどなく、風塵《ふうじん》に紛《まぎ》れるように移動した。父が城に復命した後も何か賞賛や褒美《ほうび》があるわけでもない。

ただ夜明けと共に起きて剣をふるい、日が暮れれば夜目を鍛えるために闇の中を走る。課された鍛錬をただ繰り返している。

岩見重左衛門が標榜《ひょうぼう》する戸田流は中条流の流れを汲み、富田勢源《とだせいげん》などの達人が出て天下に広まった。重左衛門は勢源に奥義を授けられ、特に小太刀の扱いに長《た》けている。太刀や槍を持つ相手をやすやすと組み伏せるのも重太郎の得意とするところだった。

竹原から戻ってすぐ、一人の男が父を訪ねた。その男が来たときは、重太郎が応対するように命じられている。

大柄で重太郎よりも二回りほど大きい。虎髭《とらひげ》を風に揺らし、地に摺《す》りそうな太刀は重太郎の鉄砕棒に匹敵《ひってき》する長さだ。その風貌《ふうぼう》と武芸の腕は名島の評判であったが、随《ずい》一《いち》ではないことを重太郎は知っている。

「岩見どのにお会いしたい。随分と前に手合わせの申し入れを……」

「お断りいたします」

最後まで聞かず重太郎は拒《こば》んだ。

「童《わらべ》に用はない！」

怒りをあらわにすると首の後ろあたりがちりちりと縮むほどの殺気が放たれた。だがこれも父が与えた鍛錬であることを重太郎は知っている。眼《め》も歯もぎらぎらとうるさい男だ、などと考えながら殺気をやりすごす。

「父も広瀬《ひろせ》どのに用がない、と」

「城下を離れて遊山《ゆさん》に出る暇はあるのにか」

父が受けている密命を口外することはできない。その沈黙を男、広瀬軍蔵《ぐんぞう》は肯定《こうてい》と受け取ったようだった。

「殿の傍《そば》にお仕えして武の範を示す職にありながらふらふらと。家中一の評にふさわしくない。職をわしに譲《ゆず》れと伝えよ。既に多くの士《さむらい》が我が門弟となり、彼らからもけしからんと声が上がっておる」

「広瀬さまがなんと自称されようと父は気にしておりません。これも従前よりお伝えしていること。家中一でも天下一でもお好きに」

軍蔵は目をいからせて一歩間合いを詰めてきた。重太郎もさすがに押されて下がってしまう。それを見て軍蔵はにやりと笑った。

「噂《うわさ》では鬼の教えを受けたと聞くが、さほどではないな」

重太郎の手が刀の柄に伸びかけた。だが、それこそが相手の思うつぼだと気づいてゆっくりと戻す。

「武を以《もっ》て殿にお仕えしているのに、戦場での働きもなければ手合わせの申し入れも拒む。そのような者が剣術師範とは小早川家の名折れであると重臣の皆さまもお怒りだ」

そう言い捨てて軍蔵は帰っていった。初めてのことではないので、重太郎は軍蔵が言ったままを父に報告して下がろうとした。

「重太郎、竹原の様子を見てまいれ」

父は不意にそのように命じた。

「河野に忠誠を誓《ちか》う者たちは数少ないとはいえ、主君の遺骸《いがい》を奪いにくるやもしれぬ。殿の悪評でも立てば面倒だ。もし不審な者がいれば始末してこい」

「は……」

父は軍蔵の存在などはなから無視していた。だが、あれほどの侮蔑《ぶべつ》をそのままにしておくのは我慢ならなかった。

「土竜を捕まえようと地上で騒いでいる者の相手をする必要はない。蛍《ほたる》のようにちらちらと騒がしい剣がわしに届くことはない」

とにべもなかった。父がそう言うなら、とおとなしく竹原へ向かいかけたが、長櫃を屋敷に置いてきたことに気づいた。そのような迂闊《うかつ》さを見せれば立てなくなるまで打擲《ちょうちゃく》されるのは間違いなく、重太郎は日暮れを待って屋敷に忍び込むことにした。

だが、闇があたりを覆った頃、小さな光が二十ほど、岩見家の屋敷に近づいてくるのが見えて、慌てて姿を隠して様子をうかがう。

闇の中を光がいくつも屋敷を取り巻いているのは異様な光景だったが、初めてではない。父が主君から直接新たな仕事を命じられる際に、近侍と共に訪れることがある。これは近づかない方がよい、と備後への道をたどる。

馬関《ばかん》への海峡が近づいたあたりで、奇妙な噂を耳にした。

「名島の剣術師範が斬られたらしいぞ」

「そんなのいたか」

「ほれ、岩木だか岩見だか」

若い侍が二人気楽に話しながら港へと歩いていく。重太郎はそっとその後をつけると、別れて一人になったところを見計らって片方を茂《しげ》みへ引きずり込み、首筋に刃を当てた。恐怖で言葉を失っている若侍に真偽を問う。

「お、俺《おれ》も噂を聞いただけだ。岩見なんて剣術師範の顔も知らない」

と確たることはわからない。重太郎はすぐさま踵《きびす》を返して西への街道を急ぎ、そのまま筑前名島まで戻り、屋敷に帰り着いた。だがそこでは弔《とむら》いの用意が進められていた。

四

「一体誰の……」

父の葬儀であることに呆然《ぼうぜん》としている重太郎を、兄の重蔵は殴り飛ばした。兄は目付《めつけ》として領内を巡検し、ここしばらく屋敷に帰ることは少なかった。

「お前がついていていながら何をしていた」

「何を、と申されても……」

兄も戸田流の使い手だが、父の影働きは知らない。家督《かとく》を継ぐことと汚れ仕事は別だと父は考えているようで、それは重太郎にとっては誇りでもあった。より己の武が生きると父に認められたのだ。

「宿老たちの誤解を受け、殿の裁きを受ける前に斬られるなど言語道断。殿のご裁下を受けるまで父上の命を守るのがお前の務めであろうが。一体父から離れて何をしておった」

父に命じられて竹原に向かっていた、とも言えず重太郎は俯くしかない。

「しかし、何故……」

「広瀬軍蔵、成瀬《なるせ》飛騨守《ひだのかみ》権蔵《ごんぞう》、大川《おおかわ》八左ヱ門《はちざえもん》、井上《いのうえ》五郎兵衛《ごろべえ》、阿波屋《あわや》四郎兵衛《しろべえ》、野島《のじま》掃部《かもん》、村上弾正《むらかみだんじょう》、野村《のむら》金左衛門《きんざえもん》、大谷《おおや》津太夫《つだゆう》……彼らの名に聞き覚えがあるか」

いずれも小早川家の重臣だ。広瀬軍蔵は小早川隆景の養嗣子《ようしし》である秀秋《ひであき》の剣術指南役で、成瀬と大川はその高弟である。父は度々挑戦されていて、ことごとく無視していた。

「武人が手合わせを拒むのは非礼であると軍蔵は重臣たちの間で触れ回っていたらしい。そしてその家の子息を焚《た》きつけ襲ったようだ」

密命を受けて諸国を回っていることも、遊んでいると謗《そし》っているのを目の前で聞いた。

その際に殺しておくべきだった。重太郎は、父が命を落としたのは己の失態だと考えた。

しかしなぜ父は反撃しなかったのか。ふとそんな疑問が浮かんだ。父の腕は広瀬軍蔵よりも上だ。たとえ人数を恃《たの》もうとただでは帰さぬはずだ。よほどの技と備えがあるのか、と重太郎も気を引き締める。

父からその人となりを教えられていた主君小早川隆景は聡明《そうめい》であり、大敵を前にして恐れることがないという。その主君の信を受けて、密命を受けて父は働いていたのだ。岩見家の功績を妬《ねた》んでその命を奪おうとする者は許されない。いずれ何か罰を下されるはずだ。

敵の警戒が緩むまでの間、重太郎は父を手にかけた広瀬軍蔵と、その謀に乗った重臣及びその子息たちの動きを探った。その間にも暗い怒りが湧《わ》き出してくる。彼らが街で好き放題しているのを見ているうちに、天誅《てんちゅう》を下してやろうと考えるに至った。

重太郎は彼らが集まる城下の遊郭《ゆうかく》に向かった。

それまで父の目もあって廓遊《くるわあそ》びなどしたことはなかった。ただ、影働きのたしなみとして遊郭に集まる人や噂の流れの摑《つか》み方は叩き込まれている。その教えをもとに、自ら蛾《が》を誘う灯になろうとした。日々盛大に飲み歩いてはその男ぶりを誇ったのだ。

それまで「土竜」として生きてきたが、豪快に金を使い、女にもてる己を作り上げた。飲み、そして笑わせ、自らも笑う。これまで経験のない行いだったが、やってみると実に愉快だった。

女たちの誰もが重太郎と床《とこ》を共にしたがったが、明るく拒み続けた。遠く高くなれば人は近づくことを望む。重太郎の周囲には人と熱気が集まっていく。若者にとっては粋《いき》と張りが全《すべ》てだ。肩を張って己の華やかさを誇り、それを妨《さまた》げようとするものは力で叩き潰《つぶ》す。それまで無かった己の姿に重太郎は酔いつつあった。

「岩見どのは在楼《ざいろう》か」

馴染《なじ》みにしている廓の門口に、傾《かぶ》いた小袖に身を包んだ若者たちが現れたと聞いて、重太郎は内心笑みを浮かべた。店の者は慌てているが、重太郎は美妓《びぎ》を伴って悠然と迎えた。

「これはお歴々のご子息方、私のような端役に何の御用でござろうか」

胸元をだらしなくくつろげ、膝をつくこともなく傲然《ごうぜん》と上役の子息たちを見下ろしている。こやつらの親が手を回して父の命を奪ったのかと思うと怒りがこみ上げるが、それをかろうじて抑える。

「岩見どのは山の天狗に武芸を教わったと聞いたが、ぜひ教えてもらいたい」

挑発するような口調だ。重太郎は気づかぬふりをして、では一献《いっこん》、と酒に誘った。

店の者は不安そうにしているが、心付けをたっぷり渡して黙らせてある。

「ああ、各々方。この廓は城下一の格式がありましてな」

重太郎は若者たちに懐《ふところ》の具合を訊《たず》ねた。

「侮《あなど》るな」

それぞれがぎっしりと小粒銀が入っていそうな錦《にしき》の小袋を見せびらかす。

「おお、これは大いに飲めそうだ」

酒壺《さかつぼ》がひっきりなしに持ち込まれ、そして空けられていく。酒の強さも男の強さだ、とばかりに誰もが酔いを我慢するなか、重太郎は一人大酔したふりをして横になる。

「ところで岩見どの、先ほど言っていた天狗の武芸話でござるが……」

「ああ……覚えておりますとも」

「では一手お教え願いたい」

すっくと立ち上がった村上弾正の次男坊は、この中でも腕が立つと見えた。重太郎は立ち上がろうとしてよろめく。

「岩見どの、大過ないか」

「ええ、ええ、心配無用にござるよ」

大きなしゃっくりを一つして庭に下りる。

「して、天狗の教えとは」

「私の武芸は父から教わったもの。参籠三年の修業はそれがしを強くはしてくれましたが、その礎《いしずえ》には父の教えがあってこそ。それはご存じでござろう？」

村上弾正の息子はもちろん、と頷いた。

「その父君の教えがあるのなら、もう少し行いを慎《つつし》んだ方がよいな」

村上の言葉を聞いた重太郎は哄笑《こうしょう》した。

「戦場ではなく、色街でしか威張ることもできず、喧嘩《けんか》を売るのに相手を酔い潰さなければならん怯懦《きょうだ》の輩《やから》の言葉とは思えませんな」

顔色を変えた弾正の息子に指をつきつけ、

「己は素面《しらふ》か。用意はいいが覚悟がない。きさまらの親と同じ士道不覚悟とはこのことよ」

頰を張るような罵倒《ばとう》に弾正の息子はついに刀を抜いた。

「人に教えを受ける態度ではないな」

はなから斬るつもりであったことは百も承知だ。先に抜かせ、その様を人々に見せつけねばならなかった。そして、廓の多くの目が弾正の息子が先に刀を抜くのを見た。それを確かめたうえで、重太郎も刀を抜いた。

「それでは一手お相手つかまつるが、刀でよろしいのかな。木剣でもよいし、組討であれば双方大きな怪我《けが》をすることもありますまい」

「痴《し》れ事を……！」

「酒では赤くならぬ顔が怒りで染まりましたな」

弾正の息子の太刀筋は素面なだけに、的確で速かった。だが、いくら飲んでも酔わない重太郎の太刀の速さがそれをはるかに凌駕《りょうが》した。胴を両断された弾正の息子は信じられないものを見た表情で崩れ落ちていく。その時、

「討ち取れ！」

と誰かが叫んだ。

――討ち取れ、だと？

重太郎は廓を囲んでいた気配に気づき、女たちに逃げるよう命じる。そして、刀を抜き放った武人のみが視界に残ったことを確かめると、

「それでは一手お教えいたそう」

と楽しげに刀をひらめかせた。

甲冑《かっちゅう》を身に着けている時とそうでない時の戦い方は大いに異なる。共に修《おさ》め、むしろ無甲《むかぶと》の剣を磨くべし、と父も山の老人も言っていた。重太郎の剣は甲冑を前提とした戦い方をする若者たちの剣をやすやすと潜《くぐ》り抜け、急所を薙《な》ぎ斬っていく。

「ひとつ、ふたつ……」

重太郎は歌うように数えていく。その数は二十六までのびて、ようやく終焉《しゅうえん》を迎えた。廓の主《あるじ》を呼び出すと、さすがに鉄火場《てっかば》を潜り抜けてきた男らしく青ざめてはいるが取り乱してはいない。

「騒がせてすまなかった」

「売られた喧嘩ですな」

首尾を間違いなく見たことを言外に保証してくれた。

「お代は皆が払ってくれるだろう」

「岩見さまは？」

「もちろんお城へ出頭し、首尾を申し上げる。そして父の無実も訴え出るつもりだ」

凄まじい血の匂《にお》いの中、重太郎はさらに盃《さかずき》を重ねた。そして部屋に入ってきた女を激しく抱いた。酔いも女も己を狂わせることはできぬ。空が白んでくると同時に重太郎はしなだれかかっている女の体を押しのけ、水を浴《あ》びて体を清める。

既に廓を穢《けが》していた二十六の死体は血の一滴まで拭き清められ、芳《かぐわ》しい香りすら漂っている。土竜が土の上に這《は》い出して、竜となった。それを世間に見せつけられたのか。重太郎は大きく息を吐いた。

父の仇《あだ》を討っただけだ。正しきことをした昂《たか》ぶりを主君に表す手段を考えた挙句《あげく》、思い切って派手な肩衣《かたぎぬ》を身に着け、髪を高々と結いあげて城へと向かった。派手に装った己を水に映して、その滑稽《こっけい》さへの自嘲《じちょう》と華やかさへの誇りが共に胸のうちにあるのが面白かった。

五

日が高くなるにつれて華やかな武者の登城姿を見ようと人々が集まってくる。小早川隆景が三十万石を超える知行を与えられて新たに開いた城下には、若さが漲《みなぎ》っている。

変事も珍事も、街の若い好奇心をかきたてて人の流れを作り上げていく。岩見重太郎の父が凶刃《きょうじん》に倒れていたことは既に人々の知るところとなっていた。目立つやり方を父は嫌うだろうが、こうすることで仇《かたき》の首魁《しゅかい》を引きずり出そうと考えている。

重太郎は主君を偉大な男だと信じていた。人を信じない父があれほど心酔していた人物であれば、この一件の裁きを正しくつけてくれるはずだ。

城はまだ新しく、海に面した山の斜面に築かれた平山城《ひらやまじろ》だ。鉄枠で補強された大門は、朝日を受けてくろがね色に光を放っている。重太郎が近づくと勝手門が開き、白《しら》髪《が》の小柄な男が誰何《すいか》した。

「岩見重太郎兼相《かねすけ》にございます。故あってご城下にて刃傷沙汰《にんじょうざた》を起こし、上さまの裁きを受けるべく罷《まか》り越しました」

男はそれに答えることも名乗ることもせず、ただ入れと身振りで示す。隆景の近侍であろうとは思ったが、それ以上のことはわからない。

家督を継ぐことになる兄は小早川隆景に謁見《えっけん》したことがあるが、次男坊である重太郎にそういう機会は与えられていない。

築城されてまだ間もない城には、真新しい、そして爽《さわ》やかな木々の香りが満ちていた。その清新な香りそのままの主君の公明正大さの表れだ、と重太郎は信じようとした。

やがて城の奥へ通された。重太郎も父に聞いたことがある。正月になると家臣たちは隆景に謁見するため大広間に集まるという。これまで縁がないと諦《あきら》めていた場所に足を踏み入れることに、今更ながら重太郎の心は揺れた。

磨き上げられた廊下の奥で引き戸が開かれ、控えの間に通される。やがて目通りを許す旨《むね》を近侍から告げられ、広間へと進んだ。

広間の両側には重臣たちが並び、その奥に主君が座っている。「陽光」の下にいる、と思うと体が震えそうになる。平伏する重太郎に対し、近くへ寄るようにと声がかかった。

「その方、我が膝下においてみだりに白刃を振り回し、同じく小早川家に仕える者たちの子弟を斬った。それは到底許されることではない。だが、お前の父はわしのために身命を賭《と》して働いてきた一人であり、重太郎を頼みにしていることも聞いている」

隆景の声は重く、しかしどこかほっとするような暖かさを含んでいた。

「故を申せ」

そこには重太郎が斬った若者たちの父もいる。

彼らは何の表情も浮かべず前を向き、重太郎に視線を向けている者は少ない。だが重太郎はその一人一人をじっと見据えた。非礼なことではある。だが、重太郎は己の魂《たましい》にその顔ぶれを刻みつけておかねばならなかった。

「さればでございます」

重太郎は拳《こぶし》をついて頭を下げ、しかし態度は堂々、声は朗々と喧嘩に至った次第《しだい》を述《の》べた。聞き終えた隆景は表情一つ動かさない。相対している者の心の動きを読むのは武の基本ではあったが、隆景のそれは全く読めない。

「皆に諮《はか》りたい」

重い沈黙が広間を覆うが、隆景はただそれを眺めている。智勇《ちゆう》に長けた主君が何も考えていないはずはないが、沈黙の中で交錯《こうさく》する重臣たちの思惑《おもわく》を見定めている。

その時、重臣の一人野島掃部頭《かもんのかみ》がつと前に出て手をついた。彼の息子も重太郎は斬っている。

「申せ」

「これある岩見重太郎の行いは残虐非道《ざんぎゃくひどう》、ご城下で許されてよいことではありません。家中の私闘は厳に禁じられているところ。しかし、重太郎に喧嘩を売ったのは我らの子弟であるとの調べがついております」

掃部頭の言葉に重太郎は驚いた。正直にことを述べては裁きに不利になる。それでも、掃部頭は苦渋《くじゅう》の汗を浮かべながらも言葉を継いだ。

「武で身を立てている以上、岩見重太郎も侮られるような振る舞いをすることはできず、先に剣を抜いた上に伏せ勢まで用意していた我が子らの喧嘩の作法が正しいとは到底言えませぬ」

まず己の非を認めて言い分を通す気か、と重太郎は意外に思った。

「よくぞ申した」

隆景は掃部頭の言葉に深く頷いた。

「当家では家臣どもの私闘を厳しく禁じておる。武はお家と天下、ご公儀のために使うものであって、我欲のためにふるうべきものではない。両成敗となすところではあるが、掃部の子らは既に重太郎に斬られてこの世になく、罰を受けたといってよい。累を他に及ぼす必要はなかろう」

安堵《あんど》の空気が座に流れた。家が罰せられないことは彼らにとって何より肝要だろう。やがて多くの視線が重太郎に向けられた。

「売られた喧嘩を買うことも許されぬ。武人の意地はあろうが、それでもやってはならぬことに変わりはない」

是非もない、と重太郎は自身が無事に城を出ることはないと覚悟した。もとよりそのつもりではあったが、二十六人を斬って咎もないとはさすがに言えない。

「父を不意に失って心が乱れていたこともあろう。その重左衛門の命を奪ったのは、他国より訪れ、秀秋の剣術指南役となった広瀬軍蔵と申すもの」

小早川隆景の養子となった金吾《きんご》秀秋の剣術指南役に入った男の顔を忘れるはずもない。父に腕比べを挑んできた際、応対したのは他ならぬ重太郎だ。

「広瀬は家中随一の名を望み、重左衛門と手合わせを望んでいたが、わしが許さなかった。男が力を見せるのは戦か政の場だけでよい。城の庭ではない」

隆景の裁定はこうであった。

家中最強の名声を望んだ広瀬軍蔵が、剣槍《けんそう》を教えることで知己を得た重臣家中の者たちを謀《たばか》り、岩見重左衛門を誘い出して討ったのは無礼千万である。やはり自分の見立て通りだった、と重太郎は安堵した。

「ただし、重左衛門にも一分の非がある」

隆景は続けた。

「その腕を見込んで剣術師範としたからには、武人として相応の振る舞いをすべきであった。重左衛門にはそれだけの技量があった」

主君の表情に苦々しいものが浮かんでいるのを見て重太郎は戸惑《とまど》ったが、すぐにその苦さは消えていた。

「岩見重太郎よ、お前の兄と妹は既に屋敷を引き払って暇《いとま》を乞《こ》い、父の仇を討たんと家を出た」

「は……?」

驚きに一瞬目がくらんだ。

「既に、家を出た、と」

「ああ。広瀬軍蔵らは東へ向かったと聞き、その後を追った。生地の近江《おうみ》へ向かうつもりだろう。京には腕さえ立てば召し抱えるという国持ちもいるようだからな」

「我ら兄弟、必ずや本懐を遂《と》げてまいります」

「よくぞ申した。父の仇を取り、家名を上げたら戻ってこい。その時は父と同じ禄《ろく》で仕えるがよかろう」

「ありがたき幸せ」

　重太郎は平伏した。土竜も日の下で剣をふるえる。総身がまばゆい光に包まれたような心持ちがして思わず身震いした。

六

　だが、天下は広く、広瀬軍蔵たちの行方《ゆくえ》はなかなか摑めない。それどころか、兄と妹の消息すら入ってこない。いつの間にか諸国を歩き、剣槍の腕を磨いていくことそれ自体に愉楽を感じるようになっていた。

　慶長《けいちょう》二（一五九七）年に小早川隆景が世を去り、慶長五年の天下分け目の戦の際にはさすがに参陣を願った。だが、家督を継いだ秀秋は許さず、半端に帰ってくるなと冷淡に追い返されただけであった。

「一兵卒として陣借りするなら好きにせよ」

岩見家の名を知らぬはずはなかろうに、と腹立たしかったが値打ちもわからぬ若君に頭を下げる気にもなれなかった。もはや小早川家に仕えていた岩見重太郎と名乗らずとも、それと知られる剣客となっていたからだ。

結果、将たる立場への憧《あこが》れと、独《ひと》り己の腕を頼りに生きる日々の間で揺れ動く心が腹立たしく、重太郎は遠く信州《しんしゅう》の地を踏んでいた。深志《ふかし》城下《じょうか》は戦の前後とはいうものの静けさを保《たも》っていた。

城主の石川三長《いしかわみつなが》は家康《いえやす》方につき、多くの兵は出払っている。城下からは白馬《はくば》に続く白き峰々が美しく連なり、重太郎はその高みをより近くで眺めたくなった。長櫃一つを担いで安曇野《あずみの》の道を歩いていると、鉄砲を担いだ一団がこちらに向かってきた。

そのうちの一人がふいに倒れ、男たちが慌てた様子で助け起こした。近づいてみると、彼らの多くが血を流し、倒れた男は太刀で何度も斬りつけられたようなひどいありさまだった。

重太郎は素早く傷口を塞《ふさ》ぐと膏薬《こうやく》を塗り、脈をとりながら血の流れを抑えるよう鎖骨の下を押さえさせた。だが手当をするうちにその傷の異様さに気づいた。同じ太刀筋が三本、肉を裂いている。

「何と戦った」

問われた猟師たちは顔を見合わせた。そして重太郎の盛り上がった肩のあたりを見上げる。急峻《きゅうしゅん》な山に鍛えられているのか、頑健そうな筋骨がうかがえる男たちは、重太郎の強さを測っているようだった。

「この傷からすると人か獣かはわからんが、相当に大きいな。あんたたちは鉄砲を担いでいるが、それでも倒せなかったのはあまりに硬いか、速いか、だな」

彼らは顔を見合わせて頷き、その両方だ、と口々に言った。

「それに大きい」

重太郎の知識でそのような獣は熊《くま》ぐらいしか思いつかない。だが、熊ではないという。

「神さま、らしい」

猟師の一人が言った。

「らしい？」

「そいつはとてつもない力を持ってる。村の誰も逆《さか》らうことができねえ。望む物はなんでも差し出さねえと殺される」

話し出すと口々にその「神」の非道を述べ立てた。乏《とぼ》しい米や武具、狩りで得た獲《え》物《もの》を奪い、反抗すると半殺しにする。村人たちは従うほかないという。

「我慢しきれず戦うことにしたのか」

その時、深い傷を負《お》って呻《うめ》いていた男が重太郎の袖を摑んだ。

「あの神、わしの娘を供物《くもつ》に出せと命じてきた」

しゃべるな、と制しても首を振る。

「妻も早くに死に、俺には娘だけだ。それを渡すことは……」

妻も娘もいない重太郎にもその痛切さは伝わってきた。だが、それよりも「神」を名乗って村人を従わせ、反抗されても返り討ちにする怪物に興味がわいた。

「神にもいろいろあるだろうが、娘を捧《ささ》げさせ財物を奪うようなやつは決して神ではない」

「あんた、手助けしてくれるのか。その長櫃に入っているのが得物か？」

長櫃の中に入っている鉄砕棒を見て、猟師たちは目を瞠《みは》った。取り出して二、三度振ってみせると、旋風が巻き起こる。重太郎は猟師たちに助力を頼まれ、常念岳《じょうねんだけ》と蝶《ちょう》ケ岳《たけ》の谷あいにある小さな山村へと向かった。途中、穂高《ほたか》神社という大きな社があり、祭神は穂高見命《ほたかみのみこと》と綿津見命《わたつみのみこと》、共に海の神であるという。

「我らは海の民、安曇氏の血を受け継ぎ、祭りの日には海を渡る大舟を模した神輿《みこし》を渡御《とぎょ》して古《いにしえ》の日々を思うのです」

猟師の一人が教えてくれた。

「山中に鎮座する海神の社か」

「はるか西国からいらっしゃったと言い伝えられています。西からの勇者に助けていただけるのであれば、それも神縁というべきかもしれません」

「神縁……悪くないな」

関《せき》ヶ原《はら》に参陣できない鬱屈《うっくつ》した思いは、村を苦しめる化け物と対峙《たいじ》する昂奮《こうふん》へと変わっていく。

村があるのは常念から安曇野へ向けて流れる烏川《からすがわ》の上流域だ。見る者を圧するような尾根筋の険しさと分厚さは西国には見られないものだ。その険しい山襞《やまひだ》の奥から、「神」は現れるという。

村は山仕事と狩りで暮らしを立てているらしく、貧しい様子だった。傷を負った男が運び込まれても、皆嘆《なげ》くばかりで満足な薬もない。重太郎は金瘡薬《きんそうやく》をあるだけ渡し、「神」の居場所がどこかと訊ねた。

「はっきりとは。ただ、この先の古城山《こじょうさん》に岩原城《いわはらじょう》跡があります。仁科《にしな》一族の堀金《ほりがね》どのが守っていたのですが武田《たけだ》滅亡と共に安曇野を去り、廃城となっていました。『神』への供物はそこに捧げることになっております」

「ということは娘も？」

村人たちが頷くと、重太郎はその神輿に自分を乗せるよう告げた。

「何人加勢につけましょう」

「加勢などいらん」

「しかし、鉄砲で撃ちかけても当たらぬ相手ですぞ」

「娘を欲しがるくらいだから、こちらに触れようとするだろう」

鉛玉がきかぬほど堅牢な肉体をしていようが鉄砕棒で叩きのめすしかない、と重太郎は考えていた。それに、腕の足らぬ者を何人揃《そろ》えようと足しにはならない。

気負った表情も浮かべない重太郎を見て、村人たちは伏し拝《おが》むように「神」の退治を願った。

数日の間、重太郎は村から少し離れたところで小屋を建て、風と雨をしのいだ。

「神」が村の様子を探りにこないとも限らない。「神」は人を凌駕《りょうが》する力を持ちながら人と接することを嫌っている。

かつて重太郎が師事した「鬼」たちは里の民から離れて暮らしていたが、神仏を僭《せん》称《しょう》して里から奪うということはなかった。

期日になっても「神」が村を探っている様子はなかった。その一方で、重太郎が探っている間に居場所の気配も見つからなかった。獣の類《たぐい》なら餌《えさ》や糞《ふん》の跡がある。人も同じだ。だが「神」の痕跡《こんせき》は見つからない。

重太郎はある確信を胸に、神輿へと乗った。娘よりもかなり大柄な重太郎を収めるため、急ごしらえではあるが大きな船形の神輿をしつらえてもらい、四方に御簾《みす》を下ろす。

村人たちの頑健な足取りを感じながら輿《こし》は急な坂道を登っていく。やがて硬い岩の上に輿が置かれ、村人たちの足音が遠ざかっていく。足音が去ると、深い闇と静寂《せいじゃく》があたりを包んだ。

山中の暗闇は重太郎にとってはなじみ深いものだ。それでも、闇の向こうから迫ってくる気配の大きさと重さは桁外れ《けたはず》だった。重太郎は輿の中に鉄砕棒を容《い》れた長櫃を入れてある。その蓋《ふた》は音もなく開けられるよう細工《さいく》をしてあり、気配を感じ取った際にいつでも得物を手に取れるようにしてあった。

気配が近づいてくるにつれて奇妙な臭気が漂ってきた。獣の臭《にお》いかと思えば違う。人の体臭はさまざま嗅《か》いできたが、そのいずれとも異なっていた。この気配と臭気、もしや村人の言う通り「神」なのかと身構える。

だが、輿を前にした「神」は奇妙な音を発した。それが嗚咽《おえつ》だと気づいた時には、それはもう輿のすぐ前に来ていた。嗚咽が漏れるたびに、猛烈な臭気が襲い掛かってくる。だがそれは敵意に満ちたものではなく、何かためらいを感じさせるように泣きながらうろつき回っていた。

重太郎は鉄砕棒の柄をゆっくりと握る。そして、御簾がそろそろと上げられ始めたのと同時に鋼《はがね》の凶器を真横に薙いだ。

手ごたえは確かにあった。それは血の通った肉体を砕《くだ》く時に感じる柔らかさではなく、甲冑を叩いた時の痺《しび》れだった。「神」が持っていたたいまつの光がその顔を照らす。彼は甲冑など身に着けていなかった。

獣の皮で雑に腰を覆い、鉄砕棒を受け止めているのは毛で覆われた太い腕だ。顔も髭で覆われ、その下から金の眼が光っている。だがその瞳《ひとみ》は怒りに満ちているのではなく、悲しげに涙を流していた。

「お前が『神』か」

重太郎が鉄砕棒をさらにふるおうとすると、猛烈な速さで闇の中へ消えようとした。だが足元が覚束《おぼつか》ない。こいつは「神」などではない、と見極めた。金色の瞳は見たことがないが、そこに浮かんだ怯えと恐れは「人」のものだ。

相手が何者であろうが、人対人であれば恐れることはない。追いすがろうとした刹《せつ》那《な》、凄まじい刃風が首筋をかすめた。敵は逃げようとしたのではなく、己の得物を手にするために退《ひ》いただけだった。

向き直った男の眼にもはや恐れはない。代わりに野獣と向き合うような殺気に満ちていた。片手で打ち込んでくる太刀筋は、重太郎の見たことのないものだった。何より奇妙なのはその太刀の形だ。

柄の部分が籠手《こて》のようになり、持ち手を守る形となっている。そのような刀と対するのは初めてだ。男は半身《はんみ》を切り、巧みに間合いを出入りしながら斬りつける。重太郎の鉄砕棒と金眼の太刀は闇の中で激しく火花を散らした。

五十合を超え、互いの息が上がってきたところで銃声が響く。その一発が相手の胸を貫いたのが見えた。重太郎は加勢された喜びどころかつわものとの一騎打ちに水を差されたことに激怒した。

「邪魔をするな！」

一喝《いっかつ》した隙《すき》に敵が闇の中へ消えた。夜目ならこちらが上だと後を追ったが見つからない。男の気配と臭いを手がかりにしようにも、硝煙《しょうえん》が鼻を塞いだ。重太郎は村人たちを下がらせると、地面に伏せて踏み跡を探し、這うように後を追った。

踏み跡は城の外曲輪《そとくるわ》にあたる傾斜で消えていた。さらに慎重に探ると、藪《やぶ》に覆われた穴の入り口が見えた。耳を澄《す》ますと中から荒い息が聞こえてくる。そして人とも獣ともつかぬ臭気が流れ出していた。

重太郎は鉄砕棒を置いて脇差《わきざし》を抜き、穴へと入っていく。だが、奥から男が飛び出してくることはない。ただ苦しそうな息遣いが聞こえてくるのみだ。重太郎がさらに奥に進むと、わずかな明かりが見える。

岩を削って寝床にした上にその男は横たわっていた。鼓動と共に胸から血が流れ出している。これほどの深手を負えばもはや助からない。そして重太郎は男がやはり神や鬼の類ではなく、人であることを確かめた。

「おい、何故このようなことをする。お前ほどの腕があれば身を立てることもできるだろう。山の者でもなさそうだが」

だが重太郎の問いに男は答えなかった。ただ、荒い息の下から意味のわからぬ言葉を呟《つぶや》き続ける。そして一つ大きく息を吐き、その瞳は光を失った。もはや悲しみも殺気もそこにはない。

重太郎は瞼《まぶた》を閉じてやり、そして洞《ほら》の中を改めて見回す。奇妙な形の刀、見たことのない蛇《へび》のような生き物を描いた旗指物《はたさしもの》、銅を細工したらしき碗《わん》が整然と並んでいる。

ふと思い当たることがあって男の顔に目をやる。名島のような港には時折訪れる、大海のはるか彼方《かなた》から来る者たちに顔立ちが似ていた。船乗りや伴天連《ばてれん》の中には驚くほどに大柄な者がいる。

「岩見どの」

洞穴の外で村人たちが心配そうに呼ばわっている。重太郎は洞穴から出ようとして、ふと暗い穴に不似合いな華やぎに気づいた。そこには粗末ながらも花嫁用の打掛《うちかけ》と、そして摘《つ》んできて間もない束にした花々が飾られていた。

常人離れした筋骨を持つ異人の、妻を迎えようとするいじらしさは、祟《たた》りをなそうとする「神」などのものでは決してなかった。重太郎はその花束の一つを手に取って出口へ向かった。

「あの……『神』は」

村人の問いに答える前に洞穴の奥で歓声が上がった。だが、重太郎は喜ぶ気にはなれなかった。こりゃあ神猿だ、狒々《ひひ》だと騒ぐ声が聞こえてくる。

「神ではなく、武人だったよ。はるか海の向こうから来たことは、あなたたち安曇の民と変わらない。丁重《ていちょう》に葬《ほうむ》ってやってほしい」

「武人、ですか……」

「これを娘に」

と花束を預ける。

「ほんのひと時でいい。悼《いた》んでやってくれ」

そう頼むと翌朝早々に安曇野を後にした。あれほどの強さを持ちながら、居場所を持たず山に隠れて命を終えた異国の男の生きざまは重太郎の心に暗い影を落とした。あれが土竜の成れの果てだ。

やはり光あるところで己の武を生かしたい。そのためには父の仇を討って主家に戻り、たとえ中間《ちゅうげん》からでもやり直すしかない。そう決意して再び西へと向かった。

七

「狒々」退治と同じ頃、関ヶ原の合戦が一段落し、小早川秀秋は家康に味方したことによって宇喜多《うきた》の旧領五十五万石の領有を命じられた。重太郎は何とか隆盛を迎えた主家に戻りたいと血眼《ちまなこ》になって仇を探したが、手がかりが見つかりそうで見つからない。

慶長七年になって、秀秋が若くして世を去り、小早川家が断絶したことで重太郎の中で大きな何かが音を立てて崩れ去った。兄が既に世を去ったと聞いても、心が動くことはもはやなかった。

その後しばらくして、岩見重太郎の姿は丹後《たんご》国宮津《みやづ》にあった。

やがて戻るはずの小早川家は関ヶ原の戦いで大きく名をあげたものの、主君の不摂《ふせつ》生《せい》による若死というあっけない結末で家自体が滅んでしまった。重太郎は仇を討つ理由を見失い、流れ行く先々で酒を飲み、女を抱いては用心棒稼業で日銭を稼《かせ》ぐというありさまだった。

丹後宮津には、天下有数の景勝地、天橋立《あまのはしだて》がある。晴れた日には白砂に美しく立ち並んだ松の木が紺碧の海と空に映《は》えて、いつまで見ていても飽きることがない。曇《くも》りも雨も雪もそれぞれ趣《おもむき》があって酒が進む。

天橋立に足を向けたのは、明媚《めいび》な風光を愛《め》でたいと思ったからに過ぎない。小早川隆景が仕えていた毛利輝元は関ヶ原のあと大きく減封されたとはいえ健在だった。だが、陪臣《ばいしん》の立場にある重太郎が親の仇をとったところで、受け入れてくれるとは思えない。

友人の植松藤兵衛《うえまつとうべえ》から丹後の宮津に来ないか、と使いが来たのはそんな折のことだった。それまで物見遊山をしたいなどと考えたこともなく、かつて安芸の宮島《みやじま》に渡った際の記憶も、もはや定かではない。だが、

「天橋立を見ながら一献《いっこん》」

という誘いにたまらなくなり乗ってしまった。

植松藤兵衛は言うなれば旅の途上で出会った剣友である。立ち合ったこともあるが、それよりも酒席での息が合った。それまで友という友も作ってこなかった重太郎が、初めて友と思えた男だった。

都から宮津まではゆったり五日ほどの行程だ。山は深いがどこか雅《みやび》なのが山城《やましろ》の峰々だが、丹波《たんば》、そして丹後との境を越えると山容はどこか陰を帯《お》びる。その暗さが極まって心まで暗鬱《あんうつ》になったあたりで、ぱっと視界が開ける。古《いにしえ》の人がこの景勝を天下の絶景と称賛した理由がよくわかる。ただ見続けているだけで心に沁《し》みる美しさだ。

「殿に仕官してはどうだ」

藤兵衛はしきりにそう勧《すす》めた。殿とは宮津城主京極高知《きょうごくたかとも》のことである。

だが、重太郎は拒んでいた。盤石《ばんじゃく》の大身《たいしん》に見えた小早川家は既に滅び、関ヶ原の戦は多くの大名家を天下から消し去った。大名家に頼るのと己の武に頼るのとでは、己の武の方により信が置ける。

「なるほど、重太郎らしい」

と無理強《むりじ》いはしなかった。

だが、重太郎の存在はとにかく目立つ。六尺百貫の巨体でありながらその身のこなしは軽やかで、弦楽には達者《たっしゃ》で声も良い。色街で女たちが放《ほう》っておかず、粋がる若者はうっとうしく思っているが、名島二十六人斬りをはじめ武勇伝には事欠かない彼に喧嘩を売る者はいない。

　重太郎は京極丹後守高知の隙のない治世で栄える宮津の城下が好きだった。栄える街には人が集まり、徳川家の威風が天下の隅々《すみずみ》にまで行き渡ろうとしている。

「大坂《おおさか》の殿がどうなるか」

　という藤兵衛の言葉もどこか遠く聞いていた。

　そんなある日のことだ。酔わぬ重太郎はそれでも夕刻の色街を楽しみつつゆらゆらと歩いていた。だが、馴染《なじ》みの店を冷やかした後、重太郎は思わず足を止めた。廓の階上から降りてこようとした者と重太郎の目が合ったからだ。

　頭が禿《は》げあがってはいるが、重太郎と同じく、体中にみっしりと筋肉の乗った容貌魁偉な男だった。そして、地に摺りそうな太刀――。

　どこかで見たことがある。それを思い出す前に男は廓から出て行く。店の者が呆然としている重太郎に向かい、

「他のお客様の迷惑になりますので、また後日おいでくださいまし」

　と押し出すように重太郎を店から出してしまった。

藤兵衛の屋敷へと帰る道すがら、重太郎は総身が震えてくるのを感じた。

「父兄の仇を前にして、刀を抜くこともできぬとは何たる不孝。何たる愚《おろ》か……」

出迎えた藤兵衛は重太郎の鬼の形相《ぎょうそう》を見て、まずは落ち着けと肩を抱く。そして廓で見た広瀬軍蔵のことを聞くと、

「まさか広津《ひろつ》どのが……」

と瞠目《どうもく》した。

「あの男を知っているのか」

「もちろんだ。重太郎を家中に誘っていたのは、ぜひ広津どのと一度手合わせしてもらいたかったからだ」

京極高知が舞鶴《まいづる》の港で舟遊びをしていた際、誤って海に落ちてしまった。家臣どもが慌てふためく中、僚友二人と海に飛び込んで高知を舟へと助け上げたという。それが広津力蔵《りきぞう》という男だった。

「その義に感謝し、またその武勇を知った殿は馬廻として召し抱えたのだ」

「武芸師範という名目ではないのだな」

軍蔵が小早川秀秋に仕え、執拗《しつよう》に重太郎の父を挑発していたのは家の剣術師範の誉《ほま》れを欲していたからのはずだ。そんな男が主君の側《そば》近くとはいえ、馬廻衆の一人とし

て納まっているのが奇妙ではあった。

「あんたみたいなのがいるから、じゃないか」

「そうか……」

重太郎は思案に沈んだ。その時、部屋の棚から何かがことりと落ちた。それは重太郎が自ら彫《ほ》った、父の位牌《いはい》だった。父の声で叱咤《しった》された気がした。余計なことをするな。土竜としてひっそり生きよ、と。

だが重太郎はそれに猛然と反発した。

「藤兵衛どの、俺は広瀬軍蔵と堂々果し合いをしたい。助力を頼めるか」

「もちろんだ。弓でも鉄砲でも任せろ」

「飛び道具で加勢してほしいわけではない」

「そうじゃない。相手が飛び道具を出したら任せておけ、と言ったんだ」

頼りになる友は京極家との交渉まで引き受けてくれた。

数日、重太郎は敢《あ》えてこれまでと変わらず街をぶらつき続けた。もし広瀬軍蔵がかつてのように卑劣《ひれつ》な性分のままなら、刺客《しかく》を雇ってでも命を奪いに来るだろう。

だがそれこそ、重太郎の狙う好機でしかなかった。刺客を返り討ちにするか捕らえて軍蔵の陰謀を明らかにし、堂々と討ち取る。かつて父を討った重臣たちの子弟を斬ったが、その背後にいたのは広瀬軍蔵だ。

宮津に重太郎がいることは前々から知っていたはずだが、何も手を出してこない。名を変えているようだから、このまま知らぬふりを続けるのか……。

重太郎は久しく忘れていた怒りが滾《たぎ》り始めるのを感じていた。主家は滅んだとしても男として、子として為《な》すべきことがある。藤兵衛が城と往復している数日の間も、自らどうなっているかと訊ねるようなことはしなかった。

友が最善を尽くしてくれているのに、あれこれ口を挟む必要はない。

重太郎は刀槍《とうそう》を研《と》ぎ、手裏剣を自ら鍛えて衣の襟《えり》に縫いつけた。懇意《こんい》の商人に体に合った帷子を持ってこさせ、ほつれがないかを念入りに検《あらた》めた。

そして夜明けと共に水垢離《みずごり》を取り、朝日を遥拝《ようはい》してその時を待った。六日経って藤兵衛が部屋を訪れた時、重太郎の心気は既に鎮まっていたが、藤兵衛の表情は冴《さ》えなかった。

八

「重太郎の願いは聞き届けられなかった」

「そうか……。世話になった」

重太郎は静かに立ち上がる。

「どうする気だ」

藤兵衛はその手を摑んで止めた。

「仇を目にした以上、すべきことは一つ」

「まあ待て。話には続きがある」

藤兵衛が宥《なだ》めた。

「殿は小早川家での軍蔵の非道と重太郎の無念については重々ご承知くだされ、その無念に同情もなさっている。しかし、広瀬軍蔵たちは殿の命を救った忠義者でもある。君臣の仲も決して悪くない。そこでだ……」

藤兵衛が京極高知からある提案をされたという。

「源平《げんぺい》の戦……」

京極家吉例の行事らしく、家中を紅白に分けて屋島《やしま》の戦いを再現するという。その一方の将を、重太郎に任せるのはどうか、と言ってきたのだ。

「それはあくまでも戦のふりだろう？」

「だが、実際に撃剣や組討をご覧になる場でもある。昨年は俺も出たが、殺さぬ程度のやり合いはあってなかなか面白いぞ」

藤兵衛はそう言うと、にやりと笑った。

「相手方の総大将は広瀬軍蔵が務めるそうだ。その左右を固めるのは成瀬権蔵と大川八左ヱ門。これが殿の精一杯のご厚意だ」

重太郎は宮津城に向かって膝をつき、深々と頭を下げた。


重太郎は将兵が居並ぶ整然とした陣形を前にして、身が震える思いだった。これまで孤剣のみを頼りに己一人の強さを追い求めてきたが、かりそめのものとはいえ数百の鎧武者に下知《げち》するのは魂が震えた。

だがそこで有頂天《うちょうてん》になるような重太郎ではない。麗々《れいれい》しく並んでいるのは己が股肱《ここう》と頼む忠義の士ではなく、京極家から借りたものに過ぎない。その傍らに植松藤兵衛の姿はない。戦を見届けてほしい、と頼み込んだのだ。

ここで重太郎の戦いぶりを不足なく見届けられるのは藤兵衛しかいない。共に模擬戦に出てもし万が一のことがあれば、岩見重太郎はただ無駄に死ぬことになる。

天橋立は宮津湾の南西隅を切り取るように伸びる白砂と青松の砂州《さす》だ。その両端を源平の陣所として、源平の戦を模した教練を行う。重太郎も下賜《かし》された古い鎧と磨き上げられた剣菱《けんびし》の前立《まえだて》の兜《かぶと》をかぶせられ、床几《しょうぎ》に座っている。

どん、と陣太鼓が打ち鳴らされた。これは京極高知がいる陣所からのものだ。重太郎は立ち上がり、さっと軍配を振る。赤い甲冑で揃えた「平家方」の軍勢が静々と歩み始める。この面々のほとんどを重太郎は知らない。

戦は一人でするものだ。そう教えられてきた。それが岩見家の「お務め」だ。

周囲の千人万人が敵であろうと恐れることはない。己一人で多数を相手にする際は、刃がついていると後々かえって邪魔になる。武器とするは、美しくないと父は嫌っていたが、ここぞという時には使うことにしていた一丈八尺の鉄砕棒だ。

それを一閃させると、平家方として重太郎に従っているかのように見えていた平家装束《しょうぞく》の武者たちはいつしか退いて天橋立から姿を消していた。目の前には白い旗を風になびかせた「源氏方」の男たちが、広瀬軍蔵の命なのか折り敷いていた槍先を大きく上げている。

「小早川家中、岩見重太郎兼相、父、兄の仇である広瀬軍蔵、成瀬権蔵、大川八左ヱ門をこの宮津の地に見つけたり。京極丹後守さまのおかげをもって本懐を遂げんとす。我が敵は広瀬をはじめとする三人のみ。手出しをしてあたら命を落とすな」

重太郎の大喝にも多くの者は怯《ひる》まなかった。

京極は勇猛で知られた家ではないが、さすがは戦国の世を生き抜いてきた勇者たちが揃っている、と重太郎は感心した。

軍蔵は敢えて姿を晒《さら》している。泰然として、重太郎の姿を見ても揺らがない。ここまで気配すら感じさせず逃げていたにしては、あっぱれな態度だ。だが「源氏方」は容赦《ようしゃ》なく重太郎を殺しにきた。

よかろう。

覚悟のない者ならその姿を見ただけで身震いする大鉄棒を頭上で回すと、風を切って恐ろしげな咆哮《ほうこう》を放つ。それでも敵方の男たちは粛々《しゆくしゆく》と歩を進めてくる。これが合戦なのか。

将の命が下れば、何百、何千の将士が命をかけてぶつかり合う。これが華々しい戦の場か。父の仕事を手伝った時も、父の仇たちを遊郭で討ち取った際にも感じられなかった昂ぶりがここにはある。

重太郎の得物が触れる者はたちまち血と肉の塊《かたまり》へと変貌した。断末魔の叫びはなく、ただ鈍《にぶ》い音と共に潰《つい》えていく。だが重太郎も無傷ではいられない。命を賭した槍の、刀の一撃は重太郎の頑強な肉体に痛みを与えていく。だがそれですら、重太郎には快楽だった。

前に倒れた数は、瞬く間に二十六を超えた。命を奪うことに心は動かない。だが、この勝利しても何も得ることのない戦いに、京極家中の武者たちが命を懸《か》けて戦っている。その戦いの一方になっていることに喜びを感じていた。

重太郎の強さを見せつけられても、誰一人下がらない。

「広津先生に刃を向ける不埒《ふらち》ものめ！」

そう叫んで斬りかかってくる者すらいた。多くは重太郎の敵ではない。命を消し飛ばした若者の数が百を超えたあたりで、ようやく総崩れとなった。

それでもやはり、広瀬軍蔵たちは本陣から動かず、重太郎が迫るのを見てそれぞれの得物を構えた。

「名乗りもいらぬ。一対一でなくともよい」

重太郎の鉄棒は血と脂を滴《したた》らせ、返り血で染まったその顔は悪鬼のごとく迫る。まず大川を屠ると、次に成瀬権蔵が大槍をふるって突き込んできた。さほどの使い手とは思わなかったが、それでも重太郎を疲れさせようと粘《ねば》りの戦いぶりを見せる。

大槍の穂先を上下に散らし、進退自在に翻弄《ほんろう》しようと試みる。決死の覚悟が見えるわりに、こちらの急所を狙おうとする意図を感じなかった。

「必殺の心なしに俺に勝てるか！」

鉄砕棒を振りぬくと、あばらを数本折られながらもがっちりと抱え込んだ。抜こうとしても放さず、間合いを詰めて太刀で斬ろうとすると諸腕《もろうで》を広げて組みついてきた。重太郎はその腹を蹴《け》り、頭蓋《ずがい》を砕こうと拳をふるうが離れない。

「何のために戦っている」

だが、既に権蔵は息絶えていた。軍蔵もついに顔を紅《くれない》に染め、闘志を漲らせて近づいてくる。その手には重太郎の鉄棒に匹敵するような管槍《くだやり》が握られている。

鋼が激しくぶつかり、双方たたらを踏んでは構えをとる。百以上の敵を倒してきた重太郎は肉体の奥底に強い泥のような何かを感じている。単兵、衆を相手にするときに最大の敵となるのはこれだ。

疲れは肉体の動きを遅らせ、断を誤らせる。山の老人が教えたのは疲れ果てた際にいかに戦うか、であった。思案が消え、断が消えても命を長らえるよう肉体が動く。

軍蔵の動きは見事だった。これなら父に堂々と挑戦したくなるだろう。突き、払い全てに理があり、力があった。脛《すね》を払い、首筋を薙ぎ、胴を貫こうとする動きの全てが虚実を伴っている。

重太郎にももはや余裕はない。強き武者との一騎討ちに夢中になっていた。そして法悦の中で、強敵を組み伏せた。軍蔵は荒い息の下でにやりと笑った。

「お前は天下一の匹夫《ひっぷ》となるだろう。だが、天下一の武人には決してなれぬ」

「その匹夫に討たれる気分はどうだ」

重太郎は組み伏せた仇に唾《つば》を吐きかけた。

「これは、お前の父があの時俺に言った言葉だ。俺もお前も、そしてお前の父も所詮《しょせん》は土竜の剣。俺は日の下を恐れて自ら倒れた重左衛門の言葉を振り払おうと、懸命に将であろう、天下に名の轟《とどろ》く剣士であろうとした。だが、このありさまよ」

「自ら？」

「俺は問うた。日の当たる場所で生きる覚悟はあるのか、とな。主命のもとで影働きをしていた岩見重左衛門が、顕臣《けんしん》たちに交じって城の廊下を往来できるのか、とな。そうすると奴《やつ》は自ら刃を下げおったわ」

「……虚言《そらごと》を吐きおって！」

叫ぶなり首を掻《か》き切った。

「父、岩見重左衛門兼定《かねさだ》の仇、広瀬軍蔵、討ち取ったり！」

喝采《かっさい》はない。ただしんとして、京極高知の本陣も既に撤収している。浜に寄せる波の音と、松籟《しょうらい》だけが絶景を潤《うるお》す中、重太郎は曲がった鉄砕棒を担ぎ、疲れた体を引きずって歩き始めた。

「よく本懐を遂げられた。やはりお前の戦いぶりには華があるな」

ただ一人称えてくれた藤兵衛の衣も血だらけだった。

「華?」

「ああ、血しぶきの華が咲いていたよ」

「手助けは無用だったな」

「いや、飛び道具で狙っていた一団がいてな。男の勝負に水を差させてはいかんといささかいらぬお節介《せっかい》を焼いてしまった」

「……かたじけない」

これで藤兵衛も宮津にはいられまい。申し訳なく思ったが、藤兵衛は恬淡《てんたん》として共に行こう、と笑った。

九

天橋立での百人斬りは世の噂となった。多くの大名がその武勇を目にしたがり、召し抱えたいとの誘いもあった。だが、重太郎は全てを拒み、藤兵衛とともに気ままな旅を続けている。徳川の天下は既に安泰かに思われた。

豊臣の若君、秀頼《ひでより》は名城大坂城に居を構えていたが、ことさら家康と対立しようと

はしていなかった。重太郎からすると、豊臣も徳川もはるかに遠い存在で、自分が関《かか》わることではない。ただ一つ、

「お前は天下一の匹夫だ」

という広瀬軍蔵の言葉が頭に残っていた。それは、かつて父に叩き込まれた、土竜として闇にいよ、という言葉に重なっていた。しみついた性根に従っているのが気楽でもあり、得た名声に浸《ひた》るのも時に心地よかった。

「何をもって天下一の武なのか……」

この問いには親友の植松藤兵衛も答えることはできない。

「将ということなら駿府《すんぷ》か大坂、ということになろうな。士は多すぎてよくわからぬ」

上泉伊勢守《かみいずみいせのかみ》、柳生宗矩《やぎゅうむねのり》、丸目蔵人《まるめくらんど》、新免武蔵《しんめんたけぞう》、前田利益《まえだとします》……と名のある武人は天下に多くいる。だが彼らと立ち合って倒して何を得るというのか。

挑まれれば断るつもりはなかったが、名島で二十六人、天橋立で百人を打倒した重太郎がこれ以上何かを証明する必要があるとは思えなかった。

だが、異なった形で天下一を示したい。そのような思いが沸々と湧いてきていた。

「一人暴れまわるより一軍の将となった方がよいのだろうな」

「好きにすればいい。志はどちらにあるのだ」

重太郎自身もわからなくなっていた。ただ、軍蔵のような男すら将として敬し、命を懸けて守ろうとする者がいるのは羨《うらや》ましくもあった。

そう思案を続ける重太郎の足は自然と大坂へと向いた。

重太郎の中では、かつて主君の小早川隆景が秀吉と激しく戦い、その後に全精力を傾けて忠勤に励んでいた姿が強く印象に残っていた。重太郎は丹後宮津を後にしてから、薄田《すすきだ》兼相と名を変えていた。薄田家は幼いころ重太郎が世話になった親族の家で、小早川家断絶と共に一族の者たちは行方知れずになっている。

これまでも名を変えたり戻したりしていたが、宮津で岩見重太郎の名が大きくなりすぎた。仕官の誘いだけならまだいいが、名を売ろうと喧嘩を売ってくるものが後を絶たなかったからだ。

「相手は岩見重太郎に比する天下の士のみ」

そう大書した幟《のぼり》を掲げ、集まった衆が納得しなければ立ち合わなかったが、それでも蠅《はえ》のように腕に覚えのある者たちがたかってきた。

徳川の天下と多くが認めるようになっても、大坂には秀吉の残照が輝いていた。秀吉が整えた広大な惣構《そうがま》えと、海運を礎《いしずえ》とした富が城下に集まっている。

四天王寺《してんのうじ》のあたりでは城兵を募るための小屋がかけてあり、派手な小袖で肩をいからせた男たちが己を高く見せようと唾《つの》を飛ばして売り込んでいる。重太郎がその様をぼんやりと眺めていると、やがて小屋の前でひと悶着《もんちやく》始まった。

「元気だのう」

藤兵衛は面白そうに見物しつつ団子を頬張っている。

「本気で徳川と戦う気なのか」

重太郎にはここで大坂方が兵を挙げることの意味がわからない。戦には理由があるだろうが、どうでもよかった。

やがて、罵《ののし》り合っていた男たちは剣を抜いた。野次馬が集まってきて牢人《ろうにん》どもの睨み合いは見えなくなる。ほどなくわっと喚声《かんせい》がわくと同時に人垣が割れ、一人の牢人が転がっているのが見えた。大柄な牢人が鉄槌《てつつい》を振り上げ、とどめを刺そうとする。

次の瞬間、転んでいた牢人が身をよじって避《よ》けた。その下に何か小さな影が横たわっている。まだ小さな子供が頭を抱えて座り込んでいる。鉄槌を振り下ろしかけた牢人も慌てていたが重い鉄槌は止まらない。その時、ぎいん、と伽藍《がらん》の甍《いらか》が揺れるような音と共に鉄槌が後ろに弾《はじ》け飛んだ。

鉄槌の柄が子供の前に刺さり、母親らしき女性が慌てふためいて抱き上げ、走り去っていく。喧嘩していた牢人たちも人々の冷たい視線を浴びて町の喧噪《けんそう》の中へと消えた。重太郎も立ち去ろうとした時、重太郎に向けて喝采が送られた。

そして一人の大兵の士が、重太郎の投げた三本の手裏剣を持って近づいてくる。

「いい腕だ。ご尊名をうかがえるか」

「薄田……兼相と申す」

「俺は塙団右衛門《ばんだんえもん》だ」

そう名乗って重太郎の風体をじっくりと眺めると、

「貴殿によく似た男がやってのけた天橋立での仇討、耳にしているぞ」

そう囁《ささや》いた。

「あれは……」

広瀬軍蔵の言葉が脳裏《のうり》に甦《よみがえ》り、表情が険しくなる。

「いわ……薄田どののほどの武人が我らの陣営に加わってくれれば、千人……いや、万人力だ」

「過分なお褒めをいただき恐縮だが、それがしは軍勢を率《ひき》いて戦ったことがない」

団右衛門のような高名な将を前にすると気おくれしてしまうのが腹立たしかった。

「これは天下の戦いぞ」

団右衛門は重太郎の心中に気づかず、潑剌《はつらつ》とした声で城方につくよう誘った。

「天下の戦い……」

「そうだ。駿府は太閤《たいこう》さまに託された天下を上さまにお返しせず、それどころか無理難題を押し付けて非道をなしている。いま大坂に集まるは権勢に媚《こ》びず、義のために戦おうとする者ばかり」

足を止めた重太郎の肩に団右衛門は両手を置き熱く説《と》いた。

「その武、家や己のためだけでなく、天下の戦いのために使ってみぬか」

団右衛門は重太郎から目を逸《そ》らさず言いきった。

天下……。

厚い雲から日が差すような心持ちがして、重太郎は思わず目を細める。土竜であることをやめ、白日の下で大いに力をふるう資格が己にはあるのだ、と改めて信じることができた。

十

塙団右衛門のような勇士がこれほどまで誘ってくれる。

武人としての声望は大坂の殿の耳に届くほど。仕官出世からもはや離れて生きていると思っていた重太郎の心にこれまでとは異なった波を立てた。

俺の武は匹夫の勇ではない。広瀬軍蔵は既にこの手で討ち取ったが、その言葉はまだ脳裏に残っている。土竜はいまや飛竜となって、天下の戦に馳《は》せ参じるのも悪くない……。

重太郎は団右衛門を見つめ、

「お味方いたす」

と力強く言った。

そこから奉行職の大野《おおの》治房《はるふさ》に謁すると、やはり大いに喜ばれた。

「ご高名はかねがねうかがっている。明後日、上さまの御前にて軍議が開かれる。殿より三千石の知行を授けるとの仰せだ」

重太郎はその厚遇に心を打たれた。

加えて、大坂湾に近い中洲《なかす》の、穢《え》多《た》ヶ島《しま》の博労砦《ばくろうとりで》を預けるとの命が下された。さらには上町《うえまち》に屋敷も与えられ、一軍の将として薄田兼相の名が天下に知られることとなった。

博労砦は大坂の城に比べればあまりにも小さい。小早川隆景の名島城や京極高知の宮津城よりももちろん小さい。それでも、鉋《かんな》がけも粗い木材で組み上げた砦の主《あるじ》になった気分はこれまで感じたことがなかった。

「何十人斬っても味わえなかったものだ」

変わらず傍らにいて支えてくれる植松藤兵衛に夢見心地で言った。

「それはいいのだが」

藤兵衛は憔悴《しょうすい》していた。

「もう少し砦の荒くれものをまとめてくれなければ困る」

大坂に集まってくる牢人衆は、長曽我部土佐守《ちょうそかべとさのかみ》や毛利豊前守《もうりぶぜんのかみ》、真田左衛門佐《さなださえもんのすけ》といった大名身分の者もいたが、戦国の動乱で多くを失った国衆や土豪の子弟が多かった。

「民に迷惑をかけているのを見れば止めている」

「それは知っている。だが、軍勢全体に威令が行き届いていない」

「……わかった」

重太郎には軍勢を指揮した経験がない。藤兵衛もじかに指揮したことがあるのは数十人がいいところだ。牢人衆の中でも千人の将の経験があるものは、多くが一軍、もしくは砦を任されて重太郎の麾下《きか》にはいない。

砦の将は重太郎だが、寄騎《よりき》の者たちとは何の繋《つな》がりも義理もない。将の心得を学んだことはなかったが、男たちの仲をとりもつのは酒と女であることは知っていた。

大坂はもともと大きな町だが、四方から集まる数万の牢人衆と商人たちをあてこんで色街が何か所も開かれている。そのうちの一つが穢多ヶ島からほど近い神崎《かんざき》の地にあった。

「うちの大将は話がわかる」

施《ほど》こすと、牢人たちは大いに喜び、重太郎も顔を見せて将士との交わりを持った。

だが、砦に帰ると植松藤兵衛が甲冑姿になっていた。

「どうした、ものものしい格好をして」

「敵方に動きがある」

「それはあるだろう。今は戦の最中だぞ」

「だったら廓通いは今日までにせよ」

「ああ……わかっている。軍議を開く」

重太郎は砦の周囲に迫りつつある敵軍の動きを聞きながら、まだ数日のゆとりがあると考えていた。博労砦は中洲の上にあり、大軍勢で寄せるのは難しい。その上、水を吸った洲は寄せ手の足を止める。そうなれば砦方の的にしかならない。

それに、砦は主戦場から離れていた。

今福《いまふく》や鴫野《しぎの》、四条畷《しじょうなわて》では徳川方の猛攻が続き、大坂方の砦は次々に落とされている。

博労砦のある中洲は取り残された形ではあるが、ここを堅く守ることで敵への楔になるはずだ。

広い流れに挟まれ、足元の悪い中洲は大軍を動かすのに向いていない。敵が攻め寄せてくるのはまだ先だ……。

軍議の間も、重太郎はどこか上の空だった。父上、ご覧になっていますか。俺は天下の戦に臨《のぞ》む天下の将になった。もはや土竜ではない。

「……ということで岩見殿、各々方、よろしいな」

藤兵衛の言葉に慌てて頷いた。

十一

翌日、重太郎は藤兵衛の目を盗むように砦を出た。もう一度己と将士の気勢を上げておきたかったからだ。廓に近づくと重太郎は威儀を正し、堂々と木戸門をくぐっていく。その魁偉な姿を見つけた廓の者も客も喝采を上げる。

武人としても将としても、そして男としても飛竜として天下に名を轟《とどろ》かすのだ。やがて「播磨屋《はりまや》」に履物《はきもの》を脱いだ重太郎の前に宿の主人、妓女《ぎじょ》たち、やり手、亡八《ぼうはち》、警固の牢人衆が挨拶《あいさつ》に訪れ、重太郎はそのそれぞれに十分な心付けを渡した。

焦《あせ》りも渇きも面には出さない。

窓を開けると、空はわずかに白んでいる。

ぽん、と乾いた音が一つ聞こえ、それが続いて響いてきた。

早すぎる……。

遠い銃声が重太郎をようやく正気に戻した。脇差をとって腰に差すと急いで砦に取って返した。だが、砦にたどり着く前に、傷を負った百人ほどの牢人衆が幽鬼のような風情で歩いてきた。重太郎の姿を見ても礼をすることもなく城へ向かって去っていった。


我、過てり。


重く水を含んだ洲の臭気が芳《かぐわ》しい残り香を取り払うにつれて、重太郎の胸に悔恨《かいこん》が渦巻《うずま》き始めた。土竜から飛竜となり、天下に羽ばたけるつもりでいた。だが、将となるまばゆさに心を奪われてしまった。将としてまずすべきことは兵の機嫌をとることではなく、砦から離れず武威を示すことだった。

父上、土竜が日の下に出ようとすると、こうなるのですか……。

重太郎は脇差を抜き、砦に急ぐ。

船場《せんば》の一帯が敵に落とされた際に、砦に物資を納めている商人たちが姿を消していた。総大将である自分が神崎の廓街に入《い》り浸っていることを攻め手に教えたとしたら……。砦に対している敵将は蜂須賀《はちすか》至鎮《よししげ》と石川忠総《いしかわただふさ》だ。さしたる将とは思っていないが、数倍の兵を擁している。

そして砦に戻った時には、既に砦の前の船着き場に九鬼《くき》の軍船が数隻見えた。砦から押し出せば水際の敵を討ち取れる。だが、砦の城壁の前には敵が群れを成している。

「藤兵衛は生きているか」

数多《あまた》の敵を叩き潰してきた大鉄棒は砦の中に置いてきた。太刀すらも腰にない。重太郎はここが死に場所と脇差を抜いて敵の中に斬りこもうとした。

だが敵の一隅が崩れて、一隊の人馬が駆けだしてきた。その先頭に立っているのは植松藤兵衛である。重太郎はあまりの恥ずかしさに隠れようとしたが、首根っこを摑まれ、

「おのれが何者か、よく考えよ！」

頬を一発張られて重太郎は奮い立った。

「俺が殿《しんがり》に立つ。藤兵衛は皆を連れて城へ」

だがその藤兵衛と数人の牢人衆が残った。雄叫《おたけ》びを上げて追撃せんとする蜂須賀勢の中に数度突撃し、そのたびに味方の誰かが命を落とした。船場の他、城を囲む敵から逃げまどい、時に反撃しながら城にたどり着いた時には、藤兵衛と二人になっていた。そして預けられた七百の牢人衆のうち、城まで帰りつけた者は数えるほどとなっていた。

十二

やがて重太郎は「橙武者《だいだいむしや》」と揶揄《やゆ》されるようになった。飾りとしては華やかだが、実はからっぽという嘲罵《ちようば》の言葉である。

面と向かって罵《ののし》る者はいなかったが、砦にいた牢人衆は橙武者の配下として、城を危機に陥れた能無しどもと陰口を叩かれる。

だが重太郎は、そのような風評も気にせず淡々としていた。

最初は陰口を叩いていても、泰然としたその風貌に敬意を表するようになる者も現れた。何より、重太郎を城に誘った塙団右衛門はその名誉を回復させようと躍起《やつき》になっていた。

「あんたは天下の士なんだ」

それにも重太郎は微笑をもって答えたのみであった。

再び始まった戦は、圧倒的に不利だった。堅城はその外周を全て剝《は》ぎ取られていたし、もはや徳川に弓を向けようとする大名や国衆は皆無《かいむ》だった。

国を失い、知行を失った牢人衆が最後にひとはな咲かせようとする中、城方の将たちはそれでも勝利を得ようと懸命の備えを固めていた。

慶長二十年五月、和議が破れた後、重太郎は大和《やまと》から河内《かわち》に入る国分《こくぶ》村で敵を迎え撃つ一隊を率いるよう命じられていた。塙団右衛門が紀伊《きい》方面に出撃する際に、その助けをしたいと願い出たがかなわず、団右衛門も城に帰ることはなかった。

「重太郎、気を落として短慮を起こすなよ」

藤兵衛が釘《くぎ》を刺すように言った。

「なあ、博労砦が落ちたとき、お前が俺に言った言葉を憶《おぼ》えているか」

「……いや。なんと言ったかな」

「憶えていないのならいいんだ。ようやくな、定まったんだよ」

藤兵衛は妙な顔をしながらも、重太郎の肩を一つ叩いた。

徳川方の大軍勢は大和より三万から四万が攻め寄せてくると物見の兵が告げていた。

大坂方は後藤又兵衛《ごとうまたべえ》を先陣、毛利勝永《かつなが》を後陣に置き、大和と河内の国境にある狭隘地《きょうあいち》で戦おうとしていた。

だが重太郎には戦略など最早《もはや》どうでもよかった。

後藤又兵衛の先陣に入った重太郎は、誰よりも先に戦場に駆け入る心算でいる。先の屈辱《くつじょく》から平然としていられたのは、もはや行くべき道を見定めたからだ。

だが、まだ闇の残る道で行く先を見失い、国分にたどり着いた際には既に後藤又兵衛の軍勢は奮戦の後に壊滅していた。後陣の毛利勝永と真田信繁《のぶしげ》からは、最早戦機が去ったと退却の命が届いていた。

「退きたき者は自由にせよ」

重太郎は将士に告げた。

「これより後の戦は、豊臣、徳川の戦にあらず。ただ己の武を誇りたいがゆえのものだ。生き残ろうと死のうと、何も得るところはない。ただあるとすれば」

土煙と煙硝の臭いが流れてくる南に目を向けた。

「天下の戦を立派に戦ったという誉れのみだ」

「橙が偉そうに」

誰かがそう声を飛ばす。

「橙の華やかさは太陽と似ているだろ?」

重太郎が言い返すと笑いが起きた。だが、誰も軍勢から抜けようとする者はいない。まばゆいばかりの光を放つ己の武は、戦場にあってこそ輝くものだった。父のことも仇のことも、将士の機嫌などもってのほか、固執すべきでなかった。己の武にあるという光を信じ、その証《あかし》を立てるところまで気を抜いてはならなかった。今度こそは、と重太郎は鉄砕棒を担ぎ直す。

二十六人どころではない。百人など話にならぬ。目の前には徳川三万の大軍が待ち構えている。大坂最強と謳《うた》われた後藤又兵衛ですら、その一角すら崩せずに討ち取られた。

「天下の戦ぞ」

重太郎を先頭に三百ほどの牢人衆が突き進んでいく。すぐさま伊達《だて》や水野《みずの》の軍勢から鉛玉が飛んでくる。後ろで次々に味方が倒れていく気配がしたが、重太郎は後ろを振り返らない。

天下の戦の全てを誰かが記しているだろう。

「我は過てり！」

痛恨の、しかし爽快《そうかい》な叫びだった。

おのれとは、何者か――。

「本当はこういう剣をふるいたかったんだ」

あれほどの強さを持ちながら土竜であることに拘わった父。信濃《しなの》の山中で人としての幸せを望みながら「神」と恐れられ、命を落とした異国の「狒々」。大名の地位を継ぎながら家を保つことを得ず、戦うことを捨ててなお死を受け入れるしかなかった美しき青年、河野通直……。

人は己の枠を超えた場所で生きていくことはできない。それがわかっていたからこそ父はほとんど自ら死を選び、遠い海から来た男は異国で何とか己の枠を作ろうと試み、河野家の若き当主は課せられた枠にただ従うことを選んだ。父と異国の男、そして河野家の青年、誰の生きざまが己の心に適《かな》うか。どれも、適わない。

「俺は光の下で生きる術《すべ》を知らぬ。将たりえず、臣たりえず。土竜の剣で満足していれば、このように死地に立つことはなく、天下一の『匹夫』として生を全うできたかもしれぬ。だが天道の下でふるう武の爽快さを知ってしまったのだ。華やかに戦って散るのがしくじりなら、俺はそれでいい」

藤兵衛は驚き、呆《あき》れていた。

「あれだけ派手に殺しまくっておいてそうぬかすか」

「剣と心がねじれていた。だから皮も実も美しい柑橘《かんきつ》になろうとしても、中身が空っぽの橙だったんだよ。だがな、藤兵衛。こんなに心爽やかなのは初めてだよ」

哄笑した藤兵衛は、

「橙を好む変わり者もいることを忘れんでくれよ」

おおまじめに言い返した。二人は高笑いのまま伊達家の片倉小十郎重長《かたくらこじゅうろうしげなが》の軍勢へと突っ込んだ。

数十の敵を斬り、槍も刀も折れたあとは拳で頬を砕き、足で踏み潰した。その絶倫ぶりは伊達家だけでなく、島津《しまづ》の諸将にも古今東西に比類なし、と評されたという。

第四話　撓《たわ》まず屈せず

一

秋の長雨がぬかるみを叩《たた》いている。

紫野《むらさきの》はかつての平安京《へいあんきょう》の北、愛宕《おたぎ》郡に広がる原野、洛北《らくほく》七野の一つだ。朝廷の禁野《しめの》であったことから転じて紫野になったと伝えられている。

雅《みやび》な京の中でも、この辺りから風の気配が変わる。

日が暮れて道ゆく人もなくなれば、そこに漂うのは死の香りだ。立花侍従宗茂《たちばなじじゅうむねしげ》はみっしりと筋肉の乗った無駄のない肉体に、猪首《いくび》をめり込ませるようにして座っている。

都の死者が多く眠る蓮台野《れんだいの》にほど近い紫野の大徳寺《だいとくじ》は、「林下」の禅院として数多《あまた》の帰依《きえ》を受けてきた。禅は宗茂のような武人に縁の深い教えであるが、その中でも五山十刹《ござんじっせつ》からはずれ、座禅を専一にしているこの寺こそが自分にふさわしいと考えている。

寺院にはいるが出家しているわけではない。客分の扱いで寄寓《きぐう》させてもらっている。その厚意にあずかれるのも、かつて豊かであった頃《ころ》に相応の寄進をしていたからだ。

その時、庵《いおり》の外からがやがやと話しながら近づいてくる男たちの声が聞こえてきた。

庭で肩を並べて宗茂に一礼する男たちは、雨の中を粗末な蓑《みの》と笠《かさ》のみで、裾《すそ》のあたりも濡《ぬ》れている。

「殿、今日は稲刈りを手伝いましてな」

「嵐山《あらしやま》の先で大きな鰻《うなぎ》が釣れましたぞ」

「柿《かき》を籠《かご》にいっぱいもらってきました」

　宗茂は鷹揚《おうよう》に頷《うなず》き、それぞれを労《ねぎら》った。

「皆の働き、見事である」

　一言ではあるが、男たちは満足そうな表情で頭を下げる。その時一人が、軒につるされている笊《ざる》を見て慌て始めた。

「いかん、干飯《ほしいい》が濡れてしまうわい。もったいないもったいない」

　数人が共に笊を屋内に入れようとする。だが宗茂はそれを止めた。

「雨に踊る米粒も風流ではないか。皆も見てみよ。天地の神楽《かぐら》だ」

　老臣たちは顔を見合わせる。宗茂は笊を雨の中に差し出した。雨に濡れた米粒は干飯としてはもはや使えない。だが、雨の中、天を見上げて泰然としている主君を見て、家臣たちは安堵《あんど》の笑みを浮かべた。

　男たちを率いている十時《と》摂津《ときせつつ》が恭《うやうや》しくその笊を受け取ると、皆に目くばせして庵を去った。

その日の夕餉《ゆうげ》の後、京まで従ってくれた老臣の一人、由布惟信《ゆふこれのぶ》があらたまった表情で部屋を訪れた。

「肥後《ひご》にも加賀《かが》にも行かぬぞ」

宗茂は惟信が口を開く前に言った。

「将たる者が早合点《はやがてん》なされるのは」

「わかっている」

惟信はいかめしい表情をふと緩めた。

「殿、気落ちされているのを皆に悟らせなかったのはさすがですな」

「……用件を言え」

では、と惟信は本題に入った。一通り聞き終えても、宗茂は特に表情を変えなかった。それを見ると、惟信はこれにて、と一度辞去した。一同が下がると、宗茂は大きくゆっくりと、ため息をついた。

「不自由はございませぬか」

庭を横切っていく塔頭《たっちゅう》が声をかけてくれる。

「ありがたいことに」

宗茂は丁重に礼をして返す。

「預かっている書状があるのです。加賀の中納言さまより……」

だが宗茂の表情を見て最後まで言わず、では、と禅僧はゆったりとした足取りで庫《く》裏《り》の方へと戻っていった。

背筋を伸ばし、自室の仏前に座り直す。こういう時は座禅に限るのだが、その気分にすらならない。仏前に新しい位《い》牌《はい》をそっと置いた。

光照院殿泉誉良清大禅定尼

そう記されている。妻の誾千代《ぎんちよ》が病を得ていることは聞いていた。だが、まさか世を去るとは思いもしなかった。もちろん、人の命の儚《はかな》さなど承知しているつもりだった。齢《よわい》十五で初陣を飾《かざ》って以来、無数の命が果《は》てるのをこの目で見てきた。己も妻もいずれ逝《い》く。無常こそが常なのだ。だがあの妻が、と驚いたのも正直なところだった。

男に対してはまず気おくれすることはない。相手が誰《だれ》であろうと、その気骨を感じれば敬するし、なければ遠ざけるだけだ。そして誰よりも気骨を持てと教えてくれたのが、誾千代の父である立花道雪《どうせつ》と自らの父、高橋紹運《たかはしじょううん》だった。

大名、国衆、土豪、いずれであっても家の存続を第一に考える。それは決して誤りではない。誰に従い、誰のために戦うかは家の命運を左右する。

島津《しまづ》が大軍と共に押し寄せたあの時、父たちは家のことだけを考えれば島津につけばよかった。

大友《おおとも》家は既に衰退《すいたい》の兆《きざ》しが明らかであったし、竜造寺《りゅうぞうじ》を破った島津の強さは九州で並ぶものがなかった。だが宗茂の二人の父はその強さに惑わされなかった。本当に家を存続させるには目先の勝利を追うのではなく、さらに大きな義がなければならない。

義の下でこそ、将は誇りをもって戦い、兵は何倍もの力を得る。それは百戦の中を生き残ってきた紹運と道雪がたどり着き、宗茂の魂《たましい》に幼い頃から叩き込まれてきた真理だった。

二

天正《てんしょう》十四（一五八六）年、島津忠長《ただなが》と伊集院忠棟《いじゅういんただむね》を総大将とする総勢五万と称する島津軍は筑前《ちくぜん》へと侵攻した。宗茂は前年に義父の立花道雪を失っていたが、その血統を受け継ぐ誾千代を妻とし、道雪の懇望《こんもう》と共に家に入り、家中《かちゅう》の信を得ていた。

軍議を開く前、宗茂は妻のもとを訪れた。彼女の居室は調度と呼べるものもほとんどない、杉の木立のような清新な香りがした。

「出陣する。紹運どのを助けねばならん」

そう結論だけを言った。闇千代はしばらく口を開かずにいたが、刃《やいば》のように細い眼《め》をしっかりと夫に向け、

「下策です」

と斬《き》り捨てた。

「俺《おれ》が出なければこの強敵を前に誰が戦おうとする」

「そのお考えが既に下の下だと申しております」

「聞こう」

宗茂は妻の前に腰を下ろした。その言葉と気魄《きはく》は義父と同じだ。城の隅々《すみずみ》にまで、兵の一人に至るまでその薫陶《くんとう》はしみついている。

撓《たわ》まず、屈せず。屈するようなことがあれば家中の信を失う。

「あなたは一体誰なのか」

闇千代の声は冷たく、そして澄《す》んでいる。

「何故岩屋《いわや》に紹運さまが籠《こも》られているのか、おわかりにならぬのですか。この地を、そして人々を守るためにあなたはここにいるのです」

宗茂はのど元に白刃を突き付けられたような心地がした。それは爽快《そうかい》であり、また不愉快でもあった。

「……わかった」

宗茂は軍議の場へと出向き、諸将に命を下した。

岩屋城包囲の島津軍に突撃するようなことこそしなかったが、あらゆる策を講じた。山城の間道から小勢を繰り出し続け、各陣を騒がせて回る。夜になると隣で寝ていた僚友《りょうゆう》の首がなくなっているのだから、さすがの島津兵も憔悴《しょうすい》した。さらに、己の遊撃が功を奏しているのを知るや、降伏すると見せかけて島津忠長の本陣へと近づき、一斉に隠し持っていた脇差《わきざし》を抜き放つと敵の中へと雪崩《なだ》れ込んだ。

その後、忠長は警戒を強めたが、宗茂は相手が怯《ひる》んだのを見抜いて兵糧《ひょうろう》を任されている原田種実《はらだたねざね》、さらには島津直属ではない秋月種長《あきづきたねなが》の部隊を急襲して大いに暴れまわった。

そして紹運たちが命を懸《か》けて稼《かせ》いだ時は、ついに巨大な力を動かした。長州《ちょうしゅう》までを勢力下に収めた豊臣秀吉《とよとみひでよし》である。惣無事《そうぶじ》を命じた秀吉は、島津の九州制覇の動きは己の命に反するものと捉《とら》えていた。

島津につかぬことを決めた立花と高橋に対して、豊臣秀吉の振る舞いは実に懇切《こんせつ》だった。岩屋城と宗茂が窮地《きゅうち》に立っても絶望しないように、軍がどのように動き、どこまで踏ん張れば勝ちを得られるかできる限り伝えてくれていた。

岩屋城への連絡が不可能になっても、二十万の軍勢が急迫していることを敵味方に広めた。それは宗茂たちの士気を高めたし、高橋紹運の闘志を奮い立たせ、島津を焦《あせ》らせたことは間違いない。

岩屋城が落ちれば、次は自分が死ぬまで戦うだけだ。宗茂はもとよりその覚悟であったが、命をすり減らして稼いだ一刻が、一日が、そして誰か一人でもこの地の者が生き残れば、秀吉という男はここで戦った全《すべ》ての者たちの名誉と暮らしを守ってくれるだろう。

そう信じさせるだけの力が軍勢の動きと秀吉の言葉にあった。

だが、島津の進撃は凄《すさ》まじく、高橋紹運の岩屋城の周囲を数万の島津の精鋭が包囲した。宗茂は決して出てくるなと厳命されており、腹心で腕が立ち、鉄石の心を持つ数十人を送り込むことしかできなかった。

岩屋城での父の奮戦はいかに近い立花城からとはいえつぶさには見えない。だが、島津軍の動きは細作《さいさく》に探らせており、そのおそろしいまでの戦いぶりを感じ取っていた。

戦は数だ。多い方が有利なのは言うまでもない。だが、絶対でもない。父が一日、また一日持ちこたえるごとに宗茂の魂に戦訓が刻み込まれていった。そして岩屋城が落ち、父の首が島津陣内で丁重《ていちょう》に弔《とむら》われた時に、宗茂の生き方は決定されたといってよい。

やがて東から秀吉の大軍勢が豊前《ぶぜん》に上陸したとの報が入ると、島津勢はたまらず退却を始めた。宗茂は秀吉の到着を待たずに追撃に入り、浮足立つ島津勢をさんざんに打ち破ると、一度は落とされた岩屋、宝満《ほうまん》の両城を奪還した。

盟主である大友宗麟《そうりん》は高橋紹運父子《おやこ》の義に感激し、秀吉に直臣《じきしん》として重く取り立てるよう願い出たほどだ。

秀吉は宗茂を直臣にこそしなかったものの、九州平定戦の先鋒《せんぽう》として存分に戦わせた。宗茂もその信頼に応《こた》え、筑後《ちくご》、肥後と南下しながら数々の手柄を立てた。

島津の領域に入っても島津忠辰《ただとき》、忠長の軍勢を撃退し、新納忠元《にいろただもと》を城に追い詰めた。

父の仇《かたき》と誰もが知っており、その凄惨《せいさん》な復讐《ふくしゅう》を目にするかと思いきや、宗茂はそうは振る舞わなかった。降伏を決意した島津方の諸将から質《しち》を取る際も、決して粗野な振る舞いはせず、作法にのっとって敗将に接した。

その一部始終を秀吉は見ていた。戦が一段落した後、彼は宗茂を親しく本陣に招く

と、

「天下は広い。貴殿のような将がいるとは」

大名たちの前で最大限に称《たた》えた。そして、

「筑後柳川《やながわ》十三万石をもって九州の要《かなめ》となってもらいたい」

と大友の従属からも切り離して直参の大名としたのだ。

「その忠義、鎮西一。その剛勇、また鎮西一であり、九州の逸物《いつぶつ》だ」

九州征伐で宗茂ほどの称賛を受けた将は他にいなかった。

三

島津が秀吉に降《くだ》ったことで、九州の情勢は定まった、かに見えた。だが、多くの国衆が分立してきた各国を治めるには、力だけでは足りない。

天正十五年七月、佐々成政《さっさなりまさ》が統治を任された肥後国で、国衆たちが結束して兵を挙げる事態が勃発《ぼっぱつ》した。

成政はもちろん、秀吉に強い権限を与えられて新たな任国に臨《のぞ》んだ。だが、かつては下に見ていた秀吉に見せつけてくれるという気負《きお》いが強圧的な態度となって出てしまった。

柳川にも肥後に縁のある者がおり、宗茂もその危ういことを聞いていたが、宗茂自身も任地を束《たば》ねるのに懸命で他人の心配をしているゆとりがなかった。だが、肥後が内乱に巻き込まれた以上すぐさま兵を動かさなければならない。

「平山城《ひらやまじょう》の成政のもとへ兵糧を届けよ」

という秀吉の命が下ると、家中には動揺が見られた。

「何卒《なにとぞ》肥後の者をお許しください」

そう懇願してくる者もいた。

「逆臣を許せと願い出る痴《し》れ者、次はお断りなさいませ」

誾千代は厳然と言った。

「肥後は我らに近い。慎重な手つきが必要だろう」

宗茂も動じず言葉を返す。

「それは立花家の果たすべき義ではありません。慎重は構いませんが、関白さまに馳《ち》走《そう》するのが専一です」

もっともだと頷いた宗茂は即刻柳川を出立した。

筑前から小早川隆景《こばやかわたかかげ》を中心とする三万の軍勢が近づきつつあるとの報はあったが、一揆《いっき》勢は地の利を生かして各所に伏兵を置き、容易《ようい》には進ませない。

「進ませないなら迎えに行くまでだ」

宗茂の命を受けて先行していた由布雪下《せっか》、十時摂津の軍勢が合流し、背後から襲って来た有働下総守《うどうしもうさのかみ》を宗茂自らが討ち取るとさらに大田黒城《おおたぐろじょう》へと迫った。

平山、大田黒、和仁《わに》田中《たなか》と続く道は柳川、さらには筑前へと続く街道だ。この道を確保することで、筑前小早川の主力がいちはやく肥後奥深くまで進軍することが容易になる。

宗茂の歩みは一揆方の砦《とりで》を一つ、また一つと落としても止《とど》まることはなかった。濠《ほり》を飛び、垣をよじって櫓《やぐら》に火をかけ、戦うこと十三度、和仁の田中城の手前でついに疲れが見えた。

一揆勢は肥後の国中におり、立花勢を休ませない。和仁氏は当主の親実《ちかざね》をはじめとして立花勢を恐れず、果敢《かかん》に戦いを挑んでくる。

「敵ながらあっぱれなり」

愛刀の笈切兼光《おいきりかねみつ》から血を滴《したた》らせ、宗茂一人は息も切らせず敵を称えた。だが、敵軍の激しい攻撃にさしもの立花勢も浮足立ちかけたとき、軽やかな弾《はじ》けるような音と共に数十人の敵が一斉に倒れた。

「立花どのの道を妨《さまた》げるものはこの小早川市正秀包《いちまさひでかね》が長筒、雨夜手拍子《あまよのてびょうし》の餌食《えじき》となろう」

その異名通り、秀包は馬上でありながらやすやすと長鉄砲を操り、かつ狙《ねら》いは過《あやま》たず敵を射倒していく。刀槍《とうそう》や弓馬の術では余人に引けをとらぬ宗茂も、その妙技には思わず見ほれた。

「何とも美しい……」

十時摂津も思わず嘆声《たんせい》を漏らすほどの美丈夫であったが、兵の進退も自在で、立花勢に襲い掛かっていた和仁の兵たちをあっという間に城へと追い返してしまった。小早川秀包は宗茂の陣を訪れると、

「またも遅参するところでした」

と恥じた。宗茂はその謙虚さを好もしく思った。

先年の島津との戦でも、真っ先に駆け付けたのは秀包をはじめとする小早川隆景の軍勢である。その水際《みずぎわ》だった進退のおかげで憂いなく島津勢を追撃し、岩屋と宝満の城を奪い返せた。

「またも助けていただいたとかたじけなく思っています」

宗茂がそう返すと、秀包はぱっと頰《ほお》を赤らめた。衆道《しゆどう》の心得のない宗茂の心が一瞬揺れるほどの美しさだった。

「これは小早川家の戦ではないというのに」

それは違います、と秀包は首を振った。

「我らは毛利家と共に山陽の静謐《せいひつ》のために戦ってまいりました。今や天下は関白さまのもと惣無事を目指し、全てが我ら小早川家の戦なのです。立花どのの戦に遅参することは決して許されぬこと」

「かたじけないことです」

宗茂は素直に感謝を表した。その美しさを抜きにしても、秀包の鉄砲への造詣《ぞうけい》、数十万石の家に生まれた者らしき政《まつりごと》への考えなど、宗茂も一晩にしてこの若者に心を惹《ひ》かれることとなった。

遅れること半日で宗茂たちに合流した小早川隆景は、宗茂の凄まじい働きを見聞し、さらに秀包と意気投合しているのを見て大いに喜んだ。

「もし差し支《つか》えなければ、これより先秀包を弟として仲良くしてやってはくれぬか。私も何があっても立花家と柳川を、それこそ父の心でお守りしたい」

小早川隆景の言葉には誠が籠《こ》められていた。宗茂は喜んで承《うけたまわ》り、秀包と義兄弟の契《ちぎ》りを結んだ。

四

毛利、小早川の大軍勢をはじめ、鍋島直茂《なべしまなおしげ》、加藤清正《かとうきよまさ》、浅野長政《あさのながまさ》らが肥後に入ったことで、一揆の命運は決した。首謀者の隈部親永《くまべちかなが》の一族は捕らえられ、誅殺《ちゅうさつ》されることになったが、その任は宗茂に与えられた。

「気が進みませんな」

国衆たちの気持ちもわかる宗茂の配下たちは、言外に命だけは赦免《しゃめん》されてほしいと願っていた。だが、肥後の一揆はただ不満を訴え出たという生易《なまやさ》しいものではない。

「命をもって贖《あがな》わせることが、結局は肥後の士民たちのためになる」

宗茂はそう説《と》いた。ただ内心では、隈部親永らは罪人として裁かれるのではなく、せめて武人として葬《ほうむ》ってやりたいと願っていた。

国衆として守るべきものがどちらか。従っている者たちの言い分に耳を傾けるのか、新たな支配者の命を断固として遂行するのか……。そのどちらも満たす策を思いつき、妻のもとに赴《おもむ》いた。

「隈部どのは己の家や命が危うくなっても、肥後の人々のために戦を選んだ。我らにとっても他人事《ひとごと》ではない」

宗茂の言葉に誾千代はじっと考え込んだ。

「かといって、関白さまに反旗を翻《ひるがえ》した者を武人として遇することは、立花家の主《あるじ》として正しいのでしょうか」

「罪は罪、負けは負けとして背負うのが武人の使命であろうが、そこに名誉を与えるかどうかで後の政が変わる」

誾千代の心中は明らかだったが、苦しげでもあった。九州の国衆として大勢力に翻《ほん》弄《ろう》されてきた苦渋《くじゅう》は骨の髄《ずい》にまでしみ込んでいる。そのうえで冷徹《れいてつ》にもならねばならぬ、と誾千代の瞳《ひとみ》は告《つ》げていた。

「隈部どのに思いをかけすぎて我が家のことがおろそかになりませぬよう」

「わかっている」

宗茂は囚《とら》われた隈部親永とは言葉を交《か》わしてはいない。だがその戦いぶりを見れば覚悟はわかる。肥後一国の国衆たち相手に、秀吉は数万の軍勢を動かさねばならなかった。宗茂は一晩考え抜き、

「彼らを放し討ちとする」

と告げた。それを聞いた時、家中一同は瞠目《どうもく》した。そして目付《めつけ》として柳川を訪れている浅野長政も驚愕《きょうがく》した。放し討ちは罪を得た方が勝てばそのまま放免となる。

「それを殿がお許しになるかどうか」

「我らを侮《あなど》られるか」

宗茂の重い一言に、長政は頷かざるを得なかった。

師走《しわす》二十日、隈部親永たちにはそれぞれ愛用の太刀と脇差が与えられた。柳川城南東隅の一角に幔幕《まんまく》が張られ、隈部一族十二人の壮士が整列した。その前に、立花三左衛門《えもん》、天野《あまの》源《げん》右衛門《えもん》、水野《みずの》勝成《かつなり》、十時摂津、薦野《こもの》三河《みかわ》など重臣格や国外から暫時《ざんじ》仕《つか》えた者も含め、手練《てだ》れが同数居並んだ。

討つ方も甲冑《かっちゅう》を身に着けず、討たれる側と変わらぬ姿だ。隈部親永は櫓から検分する宗茂と浅野長政に向かい、深々と一礼した。

午《うま》の刻を告げる太鼓が一つ鳴ると同時に、二十四人の戦士が一斉に抜刀する。その後は武人の意地を賭《か》けた乱戦が繰り広げられた。

気合と絶叫《ぜっきょう》が入り混じるが、悲鳴を上げる者はいない。宗茂の横で浅野長政は半《なか》ば顔を青くさせてその凄惨《せいさん》な斬り合いを見下ろしている。

立花方は傷つきながらも、多数で一人を斬るようなことはしない。誰もが一対一の立ち合いを尊重し、そして最後まで誰も命を落とすことがなかった。

「これが立花どのの情けか」

「情けなどではない」

宗茂は、満足の表情を浮かべて血潮《ちしお》の中に倒れている隈部親永を見つめた。

「肥後の国衆たちへのはなむけだ」

そう言って背を向けた。浅野長政はどこか不満そうであったが、のちに秀吉から送られた書状には、宗茂の仕置《しおき》を絶賛する文言が並んでいた。

五

豊臣秀吉こそ命を賭《と》して仕えるべき男だ。己の力を理解し、心を汲《く》んでくれた天下人に対して、宗茂は全幅《ぜんぷく》の信頼を置くようになっていた。

宗茂は秀吉自身が戦っているところを見たことがない。剣や槍をどの程度使えるのか、馬の扱いの程度も知らない。たいていは城の大広間の壇上か、豪勢に飾った本陣の奥深くで、人なつこそうな笑みを浮かべて宗茂を見下ろしている。

「立花侍従は鎮西一の勇士だ」

顔を見るたびにそう称えた。

その称賛が続く限りは、受け継いだ全てを守ることができるのだ。それは宗茂に仕える者たちの間で言葉を交わさずとも通じている。だからこそ、立花の軍勢はどの戦場においても抜群の働きを見せた。

さすがは高橋紹運、立花道雪の血脈を継《つ》ぐ者たち。その評価を証明し続けなければならない。秀吉から下った朝鮮《ちようせん》侵攻の陣触れは九州の諸侯を震撼《しんかん》させたが、宗茂は勇躍してその命を承った。

天正二十年新春、宗茂は正月の祝いもそこそこに諸将に海を渡り戦う備えを進めよと命じると共に、柳川にいる明《ミン》国と取引のある商人を召し寄せ、朝鮮と中国本土の兵の強さや民の気質などを聞いていた。

「そうたやすいことではなさそうだ」

誾千代に話す。

「殿が奥にいらっしゃるのは軍議の前ばかりですね」

「……いかが思う」

「たやすいことではありませんが、だからこそ我らの力と義を見せる時」

「その通りだ。俺は全てを出し尽くす覚悟で戦う。だが、家としては半ばを残していく」

「それでは覚悟を疑われるのではありませんか」

「我らは九州すら出たことがない。千里の波濤《はとう》を越えての戦は俺が認めた者だけを連れていく。兵の多寡《たか》は問題ではない」

頷き、誾千代は言った。

「留守《るす》はお任せを」


三月に入り、柳川城の大広間に家臣一同が集まった。城の前には出陣する鎧武者《よろいむしゃ》たちが勢ぞろいしている。兵たちは皆頭に桃実様《ももざねよう》の金兜《きんかぶと》を戴《いただ》いている。異国の地で遠くからでも味方、しかも家中の者であるとわかる。

「我らはこれより海を渡る」

一同を見回す。兜の下に光る瞳には活力が溢《あふ》れている。

柳川城の門前には、城下の町人たちだけでなく、多くの農民も見送りの列に加わった。秀吉から認められた宗茂の知行からは、無理をすればもう少し人数を出せた。だが、荷駄の一人に至るまで宗茂は選び抜いた。

「そこまでするか」

と家臣たちが囁《ささや》き合うほど、厳しく選んだ。選ばれた者は喜び、そうでない者は落胆したが、宗茂は海を渡って戦うのはこれまでの戦とは違うと諭《さと》して心の平穏を取り戻させた。

六

朝鮮での緒戦はあっけないほどだった。奉行衆の兵站《へいたん》も見事なもので、日本軍は猛烈な勢いで北上を続け、漢城《かんじょう》、平壌《へいじょう》といった要地を陥落《かんらく》させていった。朝鮮側に兵はいないのかと囁き合う者もいたほどだ。

だが戦が終わる気配はない。

首都漢城が陥落し、朝鮮王朝は明に援軍を求めた。明は提督李如松《りじょしょう》を派遣し、四万の兵と共に、小西行長《こにしゆきなが》、宗義智《そうよしとし》が攻め取った平壌城を奪還し、さらに南下する姿勢を示した。

いよいよ大帝国である明が出てきた、と日本の諸将にも緊張が走る。奉行衆は漢城に籠《こも》ることを主張したが、宗茂は強く反対した。

「ここは敵地です。後詰めもないのに城に籠るのであれば敵の兵糧が尽きることを期待するしかない。ですが、明からの道は常に開いており相手が引き下がることはない」

「籠城《ろうじょう》に強い立花どのとは思えぬお言葉だ」

小西行長はやんわりと反対を示した。

「城に籠るには覚悟がなければなりません。覚悟を決めるには将兵全てが城を守り切り、勝利に繋《つな》げる義がなければならぬ。岩屋や立花山での戦とは訳が違います」

この意見に小早川隆景らも同調し、奉行衆も宗茂の策を容《い》れた。

漢城の北五里ほどの地にある谷あいの地、碧蹄館《へきていかん》が迎撃に適しているとのことで、宗茂も手勢を率《ひき》いて城を出た。碧蹄館は漢城を訪れる明の使節を朝鮮王がもてなし、長夜の宴《うたげ》をもよおす場所で堅牢《けんろう》な砦というわけではない。

日本勢はおよそ三万、物見が見た明軍はそれを上回る四万が戦場へと向かっている。

「騎馬兵が主になっているようです」

「城攻めするのにか？」

宗茂は二度ほど問い直した。李如松は北方軍閥系の軍人で騎馬兵の扱いに長《た》けていることを宗茂は知らない。ただ、碧蹄館で戦うのに敵が騎馬なのは好都合だ、と光が見えた気がしていた。

立花勢は先陣に小野《おの》和泉守《いずみのかみ》ら七百人、第二陣に十時一族の伝右衛門《でんえもん》ら五百人、本陣は宗茂と宗茂の弟の高橋統増《むねます》らが二千人の全軍を率いている。

早朝敵を発見した十時隊が小野隊に先んじて明軍の先鋒に攻めたが、これに明先鋒本隊もすぐさま左右に展開して反撃し十時伝右衛門は討ち死に。小野和泉守も崩れかけたところを、本隊の宗茂、統増が駆け付けて逆に明軍の側面を攻撃した。

立花勢の疲労を見た第二陣の小早川隆景は先鋒を交代し、三千の鉄砲を李如松の本隊に撃ち込んで突撃した。

騎馬兵主体だった敵はこれで混乱し、休息をとって力を取り戻した立花勢と宇喜多《うきた》秀家《ひでいえ》の大軍が左右から総攻撃をかけた。日本軍は李如松の本陣近くまで攻め込み、李如松自身も弓を取って戦う羽目《はめ》に陥《おちい》ったが、さすがに明軍の精鋭は激しく戦い、日本軍も敵勢を潰《つぶ》しきれなかったものの、三里北の恵陰嶺《けいいんれい》まで敵を追撃した。

「足を止めてはならぬ」

宗茂はさらに追撃すべしと隆景に進言したが、

「将士の疲れを考えれば深追いは危うい」

とその策は退《しりぞ》けられた。騎馬軍の後ろから多くの火砲を持つ軍勢が近づいているとの報を得ていたため、戦機はここしかないと悟っていた。戦は数であり策であるが、最後は心が支配する。味方の心を奮い立たせ、敵の心を折るのは圧倒的な勝利でしかない。宗茂は無念に思いつつ引き下がった。

戸次統直《べっきむねなお》といった一門衆や、小野成幸《なりゆき》ら旗頭、与力衆からも多くの戦死者が出た。

だが宗茂陣中はただ次の戦いに備えていた。ここで悲しみをあらわにするような者を、宗茂は朝鮮へ帯同していない。

高橋、立花の家名を轟《とどろ》かせ、生きて多くの者を柳川へ帰すための死に感傷はいらぬ。宗茂は疲れを見せず自ら大槍を縦横にふるい、次々に騎馬武者の首をあげながら敵の本陣へと突撃を敢行していた。

だが、その後の戦は一進一退どころか幸州《こうしゅう》では日本軍は敗退し、戦線は膠着《こうちゃく》状態に陥った。そんな中、小西行長と沈惟敬《しんいけい》を中心に日明の間で和平交渉が始まり、立花勢も帰国することになった。

秀吉の宗茂への称賛はとどまるところを知らなかった。

従って以来の年数は短いというのに、聚楽第《じゅらくだい》の中の広大な一室を宗茂夫妻に与え、さらには跡継ぎがなければ不安だろうと側室の斡旋《あっせん》までした。当時にあっては最大限の厚意といってよい。だがその厚意が夫婦にとって良いかはまた別の話だ。

宗茂が柳川へ凱旋《がいせん》した際には、誾千代を先頭に小野雪下、薦野三河ら留守を任されていた者たちが厳《おごそ》かに出迎えた。名島《なじま》にいる秀吉の目付によって法外な貢租《こうそ》を取り立てられていたという苦労はあったものの、領内を無事に守ったのは立花の血を受け継ぐ誾千代の凜《りん》とした政のおかげである。

そして、彼女は通り一遍の労いを述《の》べた後、

「大明を征することもできなかった。あなたの働きが足《た》りないせいです」

と祝宴の席で言ってのけた。

これには宗茂と共に戦った諸将も色をなしたが、宗茂はそれを止めた。

「戦で目指すところを得られなかったのだから、誾の言葉ももっともである」

と自ら省《かえり》みる姿勢を示した。立花家においては誾千代があくまで正統であり、自分は婿《むこ》に過ぎない。彼女の意向はどうであれ尊重されるべきであるというのが宗茂の一貫した考えだった。

ただ、柳川に帰っても、秀吉に招かれて聚楽第の一室で夜を共にしても、床を同じくすることはなかった。宗茂も妻のしおらしい姿など期待してはいなかったが、側室として八千《やち》という女性を迎えると告げた時の表情は、忘れられぬものとなった。

「……血が絶《た》えますが、家は続きます」

誾千代は乾いた声で一言そう呟《つぶや》いたのみだった。

柳川十三万石は出兵に疲れ果てていた。明と秀吉の間でどのような交渉がなされているか、宗茂には詳細は伝えられていなかったが、どうやらうまくいっていないこと

はわかっていた。

「次の出陣も遠からずありそうだ」

そう重臣たちに話しても皆一様に渋い顔をした。先の渡海では立花勢は大いに名をあげたものの、命を落とし、重傷を負った者も数多い。それに、加増を受けたわけでもなく、戦いを潜《くぐ》り抜けても苦しさしか残っていない。

「苦しめるのも命あるからこそだ」

宗茂の言葉で皆が恥ずかしげに俯《うつむ》いた。

この地で城を構え、知行を得て束《つか》の間であっても平穏を味わえるのはなにゆえか。忘れている者は誰一人いない。

慶長元《けいちょう》（一五九六）年の冬を前にして陣触れが九州の諸侯にも回され、宗茂は再び三千足らずの軍勢を率いて海を渡ることになった。

七

得ることが少ないであろう戦への闘志はどうしても低くなる。だが宗茂は家臣たちに、これは秀吉へ馳走するための戦であり、戦場で武勲《ぶくん》を輝かすことそれのみが目的であると言い聞かせていた。

宗茂自身は、先の戦で明、朝鮮の連合軍から戦意を奪えなかったことを悔《く》いていた。闇千代が舌打ちするのも当然のふがいなさである。此度《こたび》の戦がどのような結末になるかは秀吉と幕僚たちの指図次第であろうが、目の前の戦で不覚をとるつもりはなかった。

日本軍は加藤清正と小西行長を筆頭に総勢十四万が、明と朝鮮は合わせて十五万ほどが動員され、朝鮮半島を舞台に激戦が繰り広げられた。だが、文禄《ぶんろく》の戦とは様相が異なっていた。此度は明、朝鮮側は漢江《かんこう》以北を防禦線《ぼうぎょせん》として備えており、漢城や平壌に日本軍が達することはなかった。

秀吉と奉行衆の意向は、朝鮮半島南部全羅道《ぜんらどう》、忠清道《ちゅうせいどう》を支配し、明との交渉を有利に進めようというものだった。

釜山《ふざん》を足がかりに北へと攻め込んで漢城近くの竹山《ちくさん》城までは達したものの、慶長三年初頭には明、朝鮮軍に海際まで押し戻されていた。

「敵はさらに十数万の兵を送ってくる」

釜山の本営は評定《ひょうじょう》に明け暮れていた。

どうする、と宗茂は思案のうちに妻の姿を探していた。立花家の当主として宗茂は多くの断を下してきたが、家の明日を左右する戦や政が迫ると、その考えを訊《たず》ねていた。道雪の魂を受け継いだ彼女こそが、立花家の義を体現する存在であった。だがここは異国の地だ。己一人で考え、託された立花の義のもとに断を下さねばならぬ。

蔚山《いさん》に加藤清正、順天《じゅんてん》に小西行長が精鋭を率いて籠っていたが、敵の大軍に包囲されている。そのいずれをどのように助けるか、結論が出ない。それも当然の話で、大軍勢に包囲されている城を寡兵《かへい》で救いに行くほど厳しい戦いはない。

その厭戦《えんせん》気分が広がれば日本軍は終わる。宗茂は石高も官位も兵力も己より優れている諸将の手前沈黙を守っていたが、さすがに黙っていられなくなり発言を求めた。

「評定しても敵は去りません。戦というものは勢いが何より肝要《かんよう》。勢いを失えばそれを覆《くつがえ》すことは難しい。加藤、小西両公は蔚山、順天で見事に戦われるでしょうが、大軍に囲まれた城は後詰めを得られなければいずれ落ちます」

宗茂の言葉に諸将は顔を見合わせた。

「もしお二人に何かあれば、士気は地に落ちる」

「しかし、蔚山では一度勝っている」

「不十分でした」

宗茂の言葉に一度蔚山を救援した毛利秀元《ひでもと》は不愉快そうに顔をしかめた。

「どうすれば十分となるのか。立花侍従どのに策はおありか」

「蔚山を囲んでいる敵を討てば順天を囲む敵も退《ひ》くでしょう」

「いかほどの軍勢が必要か」

毛利秀元の問いに、我らだけで十分と言い切った。

「それはいい」

小早川秀秋がのんびりした声で口を挟んだ。

「そこもとは小勢。たとえしくじっても戦況は大きく変わりますまい」

宗茂は秀秋に視線を向けた。三年前、養父の隆景から家督《かとく》を譲《ゆず》られた若者は、秀吉の妻、北政所《きたのまんどころ》の甥《おい》で名門中の名門だ。彼が武功第一の宗茂にどのような感情を抱いているか、手に取るようにわかった。

「やめぬか」

叔父《おじ》の小早川秀包に一喝《いっかつ》されて秀秋は不服そうに顔を背《そむ》けた。

宗茂は黙って席を立ち、その足で自陣へと戻った。そして小勢と笑われた自軍からさらに千人を選抜して自ら率いることを宣《せん》した。副将として小野和泉守を連れ、主だった将領は残した。

五月五日、蔚山城から一日の距離にある元墳《げんふん》に着いた宗茂は、物見の報告で明の一軍が近くに駐留していることを知るなりすぐさま襲い掛かった。蔚山城に気を取られていた明軍は壊乱し、数百の死体を残して逃げ去った。

戦では捕虜《ほりょ》がつきもので、数十人の明兵が降った。宗茂はすぐさま彼らを解き放つように命じた。小野和泉守は慌てて諫《いさ》めた。

「寡兵で不意打ちをしたことが相手に知れてしまいます」

「そうすれば敵はこちらを侮って反撃してくるだろう?」

宗茂の言葉に和泉は天を仰いだ。

「我が主君が立花侍従さまであることを失念しておりましたわ」

すぐさま千の兵を二手に分け、敵兵が逃げていった街道の脇に伏せる。そして宗茂は自ら二百ほどを率いて蔚山へと急行する姿勢を見せた。それを止めようと、態勢を立て直した敵軍が突進してくる。

宗茂はそれを見るや背中を見せて逃げ出した。そして小野和泉守たちが兵を伏せているあたりで合図の貝を吹き鳴らさせる。発砲音が轟き、明軍の先頭を行く歩兵が次々に倒れた。そこへ反転した宗茂の本隊と伏せ勢が一斉に襲い掛かった。

「一人も逃すな!」

宗茂の号令で二百の精鋭は反転した。

浮足立ったところに左右と前方から斬りたてられ、敵は潰走《かいそう》を始める。今度は深追いせず、宗茂は蔚山城へと向かった。城はまだ数万の軍勢に囲まれていたが、立花勢の凄まじい勢いは既に伝わっているようで、大軍であるにもかかわらず戦う前から崩れ始めた。

「追いましょう！」

という馬廻《うままわり》たちを宗茂は叱《しか》りつけて止める。

「何故ですか！　敵の動きには恐れと怯《おび》えが見えます」

「となれば我らは体を休める時だ。さあ、加藤勢の妨げにならぬよう道をあけよう」

「ですが城門はまだ閉じ……」

はるかに望む城門が開き、地響きが伝わってきた。蛇《じゃ》の目の大幡《おおはた》が風に翻《ひるがえ》り、鬨《とき》の声を上げて突進してくる。加藤清正の将領としての技量を、宗茂はこれまでそれほど評価してこなかった。

賤《しず》ヶ岳《たけ》の七本槍として天下に名を馳《は》せたものの、それは武将としてではない。その後、肥後国人一揆で佐々成政が失脚した後、肥後半国を任されて厳しい統治を続けているのを隣国柳川より見ていた。遠く他国から来ているわりにはよくやっている。

その清正は宗茂が敵の鋭鋒《えいほう》を挫《くじ》いたとみるや門を全開にして討って出てきた。蔚山城を難攻不落の要塞《ようさい》に仕立て上げた力量を見れば、その武将としての力はなみなみならぬものであることはわかる。

　秀吉が小西行長と並んで先鋒を命じた理由が、宗茂の眼前で明らかになった。城を囲まれても兵をよく休めて英気を養《やしな》わせていたことがわかる力強さで駆け抜けていく。

　やがて敵に追いついた加藤勢は血煙を挙げ、半日にわたって殺戮《さつりく》を繰り広げ、敵の大軍を蹴散《けち》らして城へと戻ってきた。涼しい顔で城に戻ってきた清正は宗茂の姿を見るなり馬から下り、駆け寄ってきた。

「助けにくるのであれば立花どのだと思っていた」

　両手を押し戴くようにすると、

「この恩義には必ず報いたい」

　と熱を籠めて言ったが、宗茂は首を振った。

「戦には持ち場がござる。加藤どのは蔚山を守り、私は援軍を任された。それぞれの務めを果たしたのみです」

　あまりに宗茂が恬淡《てんたん》としているので清正は呆気《あつけ》に取られていたが、表情を引き締めて将兵に呼びかけ、勝鬨《かちどき》を上げさせた。だが蔚山を守ったとはいえ反撃の気勢は上がらず、敵も日本軍の頑強な反撃を恐れてなかなか決戦に持ち込めない。

　両軍の睨《にら》み合いが続くうちに、さすがの宗茂も足元が揺らぐような報がもたらされ

た。秀吉が世を去った、というものだ。すぐさま軍議が開かれ、諸将は沈痛な面持《おもも》ちであったが、

「すぐさま敵へ攻めかかりましょう」

と宗茂は強く主張した。

「いや、これから我らは退く算段をせねばならん」

監軍として諸将をまとめていた宇喜多秀家らは宗茂の言葉にあきれたように言った。

「退くと敵がわかっていて退けば格好の餌食だ」

だが諸将の動きは鈍《にぶ》く、順天の小西行長が包囲されたとの急報が入っても救援の軍勢を誰が率いるかも決まらなかった。順天だけでなく、蔚山の加藤清正も泗川《しせん》城の島津義弘《よしひろ》、忠恒《ただつね》父子にも明軍が迫っている。

加藤、島津の両軍は懸命の防戦で敵を退けたが順天城の包囲は厳しく、撤兵《てっぺい》の手筈《てはず》すらも打合せできていない。

小西行長に対して良からず思っている者が多いことは宗茂も知っている。

この海を渡っての戦の始まり、経緯、閉じ方の全ての要《かなめ》にいたのが小西行長という男だ。頭は切れ、戦も弱くない。ただ、小細工《こざいく》が多すぎる。所詮《しょせん》商人だと陰口を叩かれているのを聞いたことがあるが、商人だから気骨がないというのは誤りだ。

諸国をまたにかけ、時に大海を渡る商人の中には狭い土地にこだわって汲々《きゅうきゅう》としている土豪や国衆などよりよほど性根の据《す》わった者がいる。行長には行長なりの成算と覚悟があってこの戦に臨んでいる。

何より、秀吉がひとかたならず将と恃《たの》んだ者を異国の地に見捨てるようなことがあってはならない。

「日本の武人は恥を知らぬ。そう大陸に永遠の汚名を残すくらいなら、私がこの地に残って華々しく戦い、小西どのと轡《くつわ》を並べ、太閤さまのご恩に応えるのみ」

この宗茂の言葉に、泗川から逃れてきた島津義弘が同調した。

「味方をおいて去るなど、島津の軍法にはござらん」

これに寺沢広高《てらざわひろたか》、小早川秀包も加わり、立花勢を先頭に一万五千の兵が海路順天へと向かった。そこへ待ち構えていたのが朝鮮方の名将李舜臣《りしゅんしん》で、日本の軍船はたちまち火砲を浴びて炎上した。宗茂も敵の動きが鮮やかなのでよもやと思ったのみで、乱戦の中では確かめる術《すべ》もない。

島津の鉄砲隊が李舜臣を撃ち倒したことを知ったのは、順天城から小西行長を助け出してしばらく後であった。

「なんのための戦だったのでしょうな。はるばる大海を渡り、多くの将士を失って何も得られなかった」

遠ざかっていく朝鮮の山河を見ながら、小野和泉守がぽつりと言った。

「和泉守、何も得ていないわけではない。立花家中は太閤さまの命に従い、誰に恥じることのない戦いぶりを見せた。天下人の期待に応え、揺るがぬ義を見せ続けることこそ、家を守ることに繋がるのだ」

小野和泉守はわずかに頷き、

「殿のお言葉、もっともにございます」

と異国の山河から目を背けた。

八

ようやく柳川へ戻った宗茂は疲れを一切顔に出さず、己以上に疲れ果てた国と臣下たちのために働かねばならなかった。

皆が太閤秀吉のために命を懸けて戦った。

己の地位と知行があるのは、秀吉が認めたからこそ、ゆえにその恩義に報《むく》いなければならぬ。だが、秀吉はもはやこの世にはいない。

秀吉には嫡子の秀頼《ひでより》がいるが、まだ年若く将としての実績もない。諸侯を束ねていく力量があるのか定かでないことを誰よりもわかっていたのが秀吉自身であったろう、外様《とざま》の実力者たちに何度も誓詞《せいし》を出させ、腹心の能吏《のうり》たちに家を託した。

慶長五年になって石田三成《いしだみつなり》ら奉行衆と、徳川家康《とくがわいえやす》と手を組んだ秀吉恩顧《おんこ》の武将の対立はさらに激しくなった。

宗茂は領内の各地を巡り、傷ついた家臣たちの知行を回っては激励し、より豊かになれるよう物心両面で助け続けていた。

「戦になるのでしょうか」

行く先々で問われる。石田、毛利、上杉《うえすぎ》と徳川の対立は柳川にも伝わってきている。だがそれは遠国の話で、宗茂たちは九州諸侯の動きに神経を尖《とが》らせていた。

九州には大きく分けて、薩摩《さつま》の島津や日向《ひゅうが》の秋月、肥前《ひぜん》の鍋島、そして筑後の立花のように累代根付いている者と、筑前の小早川秀秋、豊前の毛利吉成《よしなり》、黒田長政《くろだながまさ》、肥後の加藤清正、小西行長のように秀吉の命で東から下ってきた者がいる。

だが、秀吉死後の動きはまちまちであった。中でも活発に動いているのが、黒田、加藤、鍋島で、加藤清正などは島津の中で不平を抱く伊集院の一族の一人を抱きこんで反乱の扇動《せんどう》まで行っているという噂《うわさ》まで流れている。

その乱を鎮定させる命には家康の意向が明らかで、彼抜きに物事を進めることはもはや不可能だった。家康は表面上豊臣家を立てているものの、上杉や前田《まえだ》への処遇は宗茂から見ても理があるとは思えなかった。

宗茂は兄弟の契りを交わした小早川秀包をはじめ、朝鮮での戦で肝胆相照らす仲となった寺沢広高と島津義弘と機会を見ては書状のやりとりをしていた。広高と義弘は順天城の小西行長を救出する際に共に激戦を戦い、信を置けると宗茂が見込んだ二人だ。

「治部少《じぶしよう》（石田三成）に理がある」

島津義弘ははっきりと言った。寺沢広高ももとより石田三成、小西行長と親しく、九州の諸侯に動揺のないよう目配りをしていた。

「毛利豊前、金吾中納言《きんごちゆうなごん》（小早川秀秋）、小西摂津あたりは心配いらぬだろう。しかし……」

寺沢広高の眉間《みけん》には深い皺《しわ》が刻まれていた。

「鍋島、黒田、加藤のあたりは腹が読めない」

「肥後守どのは太閤さま恩顧の将だろう？」

「治部少や小西摂津守との折り合いが悪すぎる」

「立花どのはどうされる」

広高は鋭い光を放つ細い眼を宗茂に向けた。

家康も三成も共に豊臣家を立てて天下無事に力を尽くすとしているが、宗茂の目には家康の動きが秀吉亡き後の天下を盗もうとしているように見えていた。

「亡き太閤さまのご恩に報じることこそ、立花家の義にかなうと存ずる」

「されば……」

東でことが起これば三成方へつく、という起請文《きしょうもん》を互いに取り交わした。しばらく経《た》った慶長五年六月、家康が上杉景勝《かげかつ》討伐のために、大軍を率いて会津《あいづ》へと向かった。その隙《すき》に石田三成ら奉行衆の檄文《げきぶん》、そして五大老のうち毛利輝元《てるもと》と宇喜多秀家の名で家康討伐の命が送られてきた。


柳川の士民は騒然となったが、宗茂が家康にはつくまいと家臣たちにも伝わっていたので動揺は少なかった。ただ、老臣の一人である薦野三河は家康につくよう説いた。

「徳川内府は百戦の弓取。戦の駆け引きで太閤さまをも手玉にとったほどの将です。戦となることは承知の上で会津に向かわれたことは間違いなく、九州の諸将にも抜かりなく手を回していることでしょう」

それは間違いのないことだった。

宗茂のもとにも、奉行衆の檄文からほどなくして家康自署の書状が送られていた。そこには、石田三成こそが乱の源であり、黒田、加藤と共に九州を平定して天下の平穏のために力を貸してほしい、とあった。そうすれば筑後一国を与えるだろう、とも記されている。

起請文を取り交わすほどの仲だった寺沢広高は早々に家康と誼《よしみ》を通じ、家康からの誘いとほぼ同様の書状を送ってきている。

「皆、よく聞け」

宗茂は一同を見回した。

「義のない戦は悪だ。我が二人の父は己の信じる義を貫き、島津が利を以《もっ》て誘っても断固拒《こば》んで大敵を退けた。その義によって我らは柳川十三万石を託され、苦しいながらも家中一同が共に戦える。それは何故か。我らの義に応え、その後ろ盾となって下さった太閤殿下のおかげだ。なるほど、内府は戦上手であり、敵とするには過ぎたる相手かもしれない。だが立花の金兜は敵を選んで戦うのではない」

我らは毛利中納言、石田治部少輔《じぶのしょう》と共に戦う。

宗茂の言葉に異論を唱《とな》える者は、もはやいなかった。やがて諸将は知行地へと戻り、直臣たちは城下で出陣の準備にかかる。宗茂も十時摂津や小野和泉守、薦野三河、由布雪下らと東上の手筈を進めていた。

その時、城の大手門の方が騒がしくなった。宗茂のもとで鍛《きた》えられた兵たちはそうそう浮足立つことはない。その彼らが騒ぐということは、と立ち上がった彼の前に、鋭い視線を向ける妻の姿があった。

薄紫の菖蒲《しょうぶ》柄で彩《いろど》られた打掛《うちかけ》を身にまとった妻に促されるように、宗茂は上座に腰を下ろす。ぴんと張り詰めた空気が城の広間を覆《おお》っていく。都からの使者を迎えてもこうはならない。

立花家の真の主は挨拶《あいさつ》を述べた後、

「内府につくべきです」

と断じるように言った。

「聞こう」

「太閤さまへの義は既に果たしました」

斬り下げるような言葉の強さで宗茂を遮《さえぎ》った。

「これからの我らは、徳川内府の義の下で生きていかねばなりません」

「それでは我らが通してきた義を、父たちが遺してきたものを穢《けが》してしまう。かつて大友のために岩屋を守り抜いた父のように、豊臣家のために忠義を尽くし、立花の士民のために戦うことこそが我が生きる道だ」

宗茂の言葉に、誾千代は目を見開いた。

「父は大友家への忠義のために戦ったわけではありません」

今度は宗茂が驚いた。

「父、道雪の心をあなたは見誤っている」

妻の言葉に、宗茂の心が波立つ。足元が崩れそうな心細さを何とか抑え込み、忠義でなければなんだったというのだ、と返すのが精一杯だった。

「大友、豊臣への忠義を存分に示したことで、家の安泰を得た。傍《はた》から見ればそういうことになるでしょう。ですが父の戦はそうではない。家と士民の無事と安寧《あんねい》を保《たも》つために、己の信じた道を進んだまで。その節義に従って戦い、倒れたのです。今や天下の趨勢《すうせい》は決し、その安泰に力を尽くさねばなりません。それこそが立花の家、父の節義を受け継ぐ者のすべきこと」

誾千代は「節義」の一語に力を籠めた。

「節義などと……。あの時の島津に従うようなことは父が最も嫌うことだ」

「内府と島津の違いもわからぬのですか」

しばし睨み合いとなったが、視線を逸《そ》らしたのは宗茂だった。小さくため息をつき、

「もう決めたことだ。我らは立花の義に従ってこれまでと同じく戦っていく」

と言い渡した。闇千代は従容と去っていった。他人の言葉に動揺しない宗茂も、胸の奥に小さな棘《とげ》を突きたてられたような心持ちだった。

九

宗茂は総勢二千五百、朝鮮渡海とほぼ同じ軍容で大坂へと向かった。柳川に帰還して二年ほどで、この倍は動員できるまで国力を回復させた。だが、加藤清正が肥後にあり、豊前には黒田官兵衛《かんべえ》もいる状況では全軍を率いて動くことはできない。

それは、毛利、石田が期待する薩摩島津も同じで、家中が割れている分さらに動員は厳しいようではあった。だが、大坂にたどり着いて畿内《きない》以東の情勢が明らかになると、他家のことを気にしている場合ではなくなった。

大坂城には朝鮮の役《えき》で共に戦った仲間が多くいた。宗茂の着陣に城方は大いに喜んだ。特に義兄弟の小早川秀包の喜びようはひとかたならず、その手引きで豊臣秀頼や淀《よど》殿にも謁見した。

秀頼は品の良い大柄な少年で、秀吉とはあらゆる面で対照的であるように思われた。ただ、年若いせいか、横の母親ばかりが口を開く。

大坂に入ってからの宗茂には出陣の命は下らなかった。毛利秀元、吉川広家《きつかわひろいえ》、安国寺恵瓊《あんこくじえけい》が三万を超える軍勢を率いて大垣《おおがき》方面に出たと聞いていたが、毛利の主力にしては少なすぎる、と宗茂は感じていた。

「どうやら四方に軍を進めているようです」

周囲の情勢を探っていた薦野三河の弟、立花半左衛門がそう報じてきた。

「伊勢《いせ》、阿波《あわ》、そして豊前や豊後《ぶんご》にもかなりの兵を割いていますな」

戦は一つ所で行われるのではない。だが、此度は天下の趨勢を決める決戦であり、毛利軍の動きは戦の要でもある。今のところ、城方につく兵力が勝っているという判断なのだろう、と宗茂は考えた。

九月に入り、家康は会津から大挙軍を返して西へと驀進《ばくしん》していた。美濃《みの》の辺りで両軍の主力がぶつかることはほぼ間違いないと大坂の諸将も考えていたため、石田三成や大谷吉継《おおたによしつぐ》らはいちはやく美濃の大垣付近へ兵を出し、東から押し寄せてくる大軍を迎え撃つべく陣城を築いているはずだった。

「大津《おおつ》を押さえてもらいたい」

と主将の毛利輝元からようやく命じられた宗茂は、毛利元康《もとやす》、秀包らと共に大津城の京極高次《きょうごくたかつぐ》のもとへと向かった。高次は妹が秀吉の側室に入り、彼自身も淀殿の妹を妻としていて大坂との距離は非常に近い。

だが、家康と通じている兄弟の京極高知《たかとも》と呼応して寝返るのではないかという噂も根強く、大津城を接収することとなった。宗茂自身は京極高次を武将として知っているわけではない。親族のおかげで要地を与えられ、戦での評価もまず聞かない。

大津に近づくにつれ、高次がどうやら家康方に与《くみ》しているのは明らかになってきた。城門は閉ざされ、逆茂木《さかもぎ》も設けられている。それでも毛利元康らは使者を送って城を開くよう懸命に説得したが、城門は開かない。

園城寺《おんじようじ》に本陣を置いた元康は宗茂を呼び、

「立花侍従どのは城の浜町《はままち》口より攻めかけていただきたい。我らは京町《きようまち》口より城に入り、三の丸を落とさば大津宰相《さいしよう》も音を上げるであろう」

城攻めは難しいが、門を破れば城内の士気は大きく下がる。京極高次にそこまでの闘志があるとは宗茂も当初は考えていなかった。それよりも、家康方の大軍勢が美濃の国境を既に越え、大垣から西に向かっているとの報がもたらされたことが大津城を囲んでいる諸将の心に焦りを呼んでいた。

「急がねばならん」

宗茂は朝鮮で明軍が火砲に使っていた、小さな竹筒に一発分の火薬と弾丸を詰めたものを用意し、鉄砲衆に持たせた。そして攻めかかると同時に矢狭間《やはざま》めがけて猛然と撃ち掛けさせたのである。

歴戦の立花勢の狙いは正確で、京極勢はたまらず矢狭間を閉じる。城壁に取りついて城内になだれ込むが、案に相違して反撃が激しい。宗茂は自ら城壁に取りつき、大門を破って敵を突きまくる。だが、宗茂の鬼神のような働きを見てもなお、敵は怯《ひる》むことなく立ち向かってくる。

結局、城を攻め始めた九月十三日、翌日の十四日となってあと一歩まで迫ったものの城は落とせなかった。

「これはまずい」

宗茂は内心舌打ちをした。

「岩屋城の時と同じだ」

覚悟を決め、たとえ後詰めが間に合わなくとも、己の義を信じられれば武人は命を懸け戦い、その強さは倍加する。宗茂は毛利元康にもう一度調略によって城を開かせるよう進言した。

「立花どのとは思えぬお言葉だ」

元康はあきれた表情を浮かべたが、宗茂は不快さを抑えて懇々と説いた。高橋紹運の強さを相手に城を破れるか、と宗茂が迫るとさすがの元康も頷いた。だが、京極高次が剃髪《ていはつ》し高野山《こうやさん》に上るのを見届けた時には、関《せき》ヶ原《はら》での勝敗は決していた。

大津城を攻めていた諸将は浮足立ったが、宗茂はまだ戦は終わっていないとすぐさま都へと戻った。だが、既に京は恐慌に陥っており、北政所を保護して大坂へ向かおうとした宗茂はその警護を任されていた北政所の兄の木下家定《きのしたいえさだ》に銃を撃ちかけられて引き下がるを得なかった。

大坂には毛利輝元の本軍がおり、奉行衆の一人である増田長盛《ましたながもり》が健在だ。彼らがうまく采配《さいはい》を振り、諸将の動揺を抑えるべく軍を動かせばまだわからない。何より、豊臣家当主の秀頼はこの城に健在なのだ。

だが、宗茂は城外に止め置かれ、毛利輝元が動く気配はない。

我、過てり。

宗茂の胸中にこれまで味わったことのない苦みが広がっていく。

なるほど、命を懸けて将兵に義を貫かせるだけの「節義」が、大坂方を束ねる者たちにはなかった。

闇千代の言葉が胸のうちを去来する。京極高次は確かに義と覚悟のもと命を懸けて戦った。一度信じたものに命を懸けられるか。命を懸けて信ずべきものを見極められるか。家を束ねる者としての信念こそが闇千代の言う「節義」だった。

宗茂は己の戦いの日々を省みる。

どの一戦、どの決断も後で悔いるということはない。信じる「義」に従って最善を尽くしてきた。だがそれは、誰かに仕える、尽くすという「忠義」に変わっていなかったか。家を守り、士民を守るため、父たちが貫いた「節義」をいつしか見失っていなかったか……。

十

もはや戦機は去った。

まずは柳川に戻り、自領を守らねばならない。大坂で知りえたところでは、四方全てが敵となっていた。柳川には二千ほどの兵を残してはいるが、加藤清正や黒田官兵衛が攻め込んできて、彼らだけで持ちこたえられるとは到底思えなかった。

敵となった諸将の目を避け、豊後の山中を踏破して柳川に戻る。闇千代は戦装束《いくさしょうぞく》を身に着け、住まいとしている宮永第《みやながだい》を砦として宗茂を出迎えた。

「すまぬ。お前の言うとおりだった」

「悔いるのは全てが終わってからになさいませ。立花の将士は健在であり、あなたも私もここにいます」

「その全てを守りきる」

「務めを果たされますよう」

頬を張られたような心地がするのはいつものことだが、この時ばかりはありがたかった。そして案じていた通り、黒田の軍勢が迫っていることが明らかとなり、さらに鍋島勢が大挙して押し寄せていると国境から急報がもたらされていた。

「鍋島勢は味方でしたのにな」

十時摂津はため息をつく。

「目端のきく父子だ」

宗茂はさして気にしていなかった。

鍋島勝茂《かつしげ》は伊勢の攻略に出張っており、それなりの戦功を上げたと聞いている。だが、関ヶ原で勝敗がはっきりするとすぐさま本願寺《ほんがんじ》に斡旋《あっせん》を頼んで助命のとりなしを頼み、肥前の父のもとへ急使を送った。

父の直茂は主家である竜造寺からその版図《はんと》のほぼ全てを乗っ取るほどの才子だ。直接矛《ほこ》を交えたわけではないが、かなりのつわものだと聞いている。

その時、肥後の加藤清正より使者が送られてきた。

「鍋島や黒田は内府への手土産《てみやげ》にすべく兵を進めてきているが、決して手向かってはならぬ。戦って死ぬおつもりなら戦士として止めはせぬが、あのような卑劣《ひれつ》な手合いを最期の相手とされるのはあまりに惜しい。私は朝鮮での恩義を忘れてはおらぬ。この身に代えても家中の無事は約束いたしますゆえ、軽挙は決してなされぬよう」

だが、その誘いも断った。

「もはや和議がなった以上、内府と戦おうなどと考えてはおりません。ただ、私に託された地に賊《ぞく》が足を踏み入れるのであれば退けなければならない。加藤どのも同じ立場であればきっと同じようになされるでしょう」

使者を返した後、宗茂は知りうる限りの鍋島勢の動きを頭の中に叩き込んだ。

「敵は我らの十倍の兵を率いているが、勝ち馬に乗る卑怯者揃《ひきょうものぞろ》いだ。海路を恐れて久《く》留米《るめ》からわざわざ迂回《うかい》してくるのも腰が引けている証《あかし》」

柳川には主力の半ばが残っており、戦意は高い。戦の義はこちらにある。鍋島に数万の軍勢があろうと宗茂が恐れる理由はなかった。

「鍋島軍は江上《えがみ》のあたりで川を渡り、北より攻め寄せてくるだろう。八院《はちいん》の要所に軍勢を伏せ、徐々に城へと引き付けよ」

計略をもって敵軍を引き付けるには諸隊の息が合わねばならないが、宗茂には絶対の自信があった。宗茂は城に残り、小野和泉守を総大将、立花三太夫《さんだゆう》を副将として鍋島軍へと向かわせた。宗茂の読み通り、鍋島直茂は江上のあたりで決着をつけようと挑戦状を送り付けてきた。

だが、三万を超える鍋島軍を前に逸《はや》った小野和泉守配下の武将が抜け駆けを試み、それを見た立花三太夫は戦端が開いたとそれに続いた。だが、備えの整っていない立花勢は鍋島の鉄砲の前に次々に倒れていく。

宗茂は胸騒ぎを覚えたが、ただじっと待った。だが、小野和泉守が敗兵をまとめて城へと戻り、立花三太夫をはじめ長年戦陣を共にしてきた者たちが倒れたことを聞くや、覚悟を決めた。それでも、

「多勢との戦は慣れたものだ」

努《つと》めて朗《ほが》らかに言うと、左右に鍋島の布陣を見届け、夜討ちの備えをとるように命じた。柳川の城を任されてからできるだけの手を加えている。鍋島の軍勢を引き付けて数ヶ月は戦ってみせるつもりだった。

その夜、誾千代が宗茂のもとを訪れた。腰を下ろしたまま何も言わぬ妻に向かい、

宗茂は率直に自らの過ちを認めた。

「……すまぬな。家も地も失うだろう」

「私がそれを恐れているとでも？」

白磁のように美しく、刃のように鋭い。

「それも立花の家を託されたあなたが選んだ道。天下の義でなく己の義に殉《じゅん》じるのが道であれば、それもあなたの道。全うなされませ」

「もちろん、わかっている」

夫の心底を確かめたことに満足したのか、誾千代はそのまま屋敷に戻っていった。

十一

だがそれから数日、鍋島勢が城に押し寄せてくることはなかった。

「誰かが……加藤主計頭《かずえのかみ》どのあたりが止めてくれているのだな」

関ヶ原以前から清正が厚意を向けてくれているのはわかっていた。蔚山で宗茂に助けられた恩義を強く感じている。

鍋島が攻めかけてこない以上、こちらから討って出ることはない。

そうしているうちに、清正は黒田官兵衛に話をつけて軍を引かせると、家康に遣わされてきた井伊直政《いいなおまさ》とも話を通して鍋島直茂の進軍を止めさせた。

清正にも実は家康から内意が示されていた。宗茂を討てば肥後半国に加えて柳川一円を与える、と。だが清正は逆に、井伊直政に宗茂を生かしておく利を説いた。

「父の代より立花家は義にもとる戦をしたことがありません。内府に従わなかったのも、柳川十三万石の恩義を忘れず、治部少の言葉に乗せられたまで。勝手に軍勢を進めた鍋島に抗《あらが》ったのも武人として当然のこと。立花どのを許すことで、筑州での内府の声望はさらに上がり、抗する心も自然と収まるでしょう」

その懸命の説得に直政も心を動かされたのだ。

さらに清正は自ら小勢を率いて柳川へ向かった。城に入って宗茂と談判するつもりだったが、宮永第を望むあたりまで来て驚愕した。凜々《りり》しい女武者が紫縅《むらさきおどし》の具足に身を包み、弓を手に清正を睨みつけていたからである。

「あれが噂に聞く立花誾千代《いさ》どのか……」

清正はその気高《けだか》さと勇ましさに舌を巻いた。噂では天下無双の立花宗茂をも気魄《きはく》で圧倒すると聞いたことがあったが、遠望するだけで軍勢の足が止まるのは清正にも初めての経験だった。

「万が一のことがあってはならぬ」

清正は軍を退かせ、面識のある鷹野三河に使いを送って陣へ招いた。そこで黒田官兵衛、井伊直政同席のもとで再度城を開くよう求めたのである。その際に、宗茂一統と家臣たちをも引き取ると約束した。

「そこまで……」

宗茂は清正の厚意をはじめて心からありがたく思えた。

「加藤どのに万事任せよう。俺は皆の無事以外に望むものは何もない」

柳川は田中吉政《たなかよしまさ》に引き渡され、宗茂と闇千代は肥後の玉名《たまな》郡に寓居《ぐうきょ》を与えられることになった。ごくわずかな供回りだけを連れて玉名へ向かう闇千代を、宗茂は一人見送ることにした。

「これで全てが終わりですか?」

闇千代は挑むように言った。

「いや」

宗茂は首を振る。

「俺がいて、お前がいる。父の義と覚悟が俺たちの中に生きている限り、何も終わらぬ」

「撓まず、屈せず」

「岩屋と立花山に刻まれた義父上《ちちうえ》の節を忘れまいぞ」

　頷いた誾千代は馬上の人となったが、ふと振り返った。そしてわずかにくちびるの端を上げたのである。あまりのことに驚いている宗茂を置いて、誾千代は去っていった。


　清正は立花家中の者百名以上を召し抱え、小野和泉守には四千石という破格の待遇を与えた。さらに宗茂に五万石で家中に入ってくれないかと辞を低くして頼み込んだのである。

「たとえ肥後五十万石を下さるとしても、承ることはできかねる」

　宗茂はきっぱりと断った。

　断った以上はここに長居してはならぬ、と宗茂は考えていた。清正は厳しい主君であったが士心をよく捉えている。その主君の破格の誘いを拒む者が、いつまでも肥後で無為に暮らすのは互いのためにならない。

　慶長七年に入り、宗茂は清正に肥後を離れる決心を告げた。

「承った」

　清正はくだくだしいことは言わず、

「奥方のこともご家中のことも一切ご心配なさるな」

そう言って別れの宴を張ってくれた。そして、

「柳川城下での凜々しきお姿。まさに立花家の至宝の趣《おもむき》がござった」

と誾千代を称えた。

宗茂は何か言おうとしてその愚を悟り、ただ頷いて杯を干した。そして清正を真の武友として宴を楽しみ、翌朝家中の者たちに見送られて京へと旅立った。

道中、いくつか仕官の誘いもあり、都についてからも度々あった。清正や小野和泉守たち肥後に残った者たちからの餞別《せんべつ》も底を尽き、いよいよ困窮《こんきゅう》してくると心が揺れるのを感じた。そして、誾千代が世を去ったとの報は何より宗茂を動揺させた。

あの誘いを、あの時の決断を……。立花の将士のために尽くすべき「義」の重なり合いとずれの大きさに、もっと早く気づいていれば。答えはもう、誾千代が教えてくれていた。何を恃んで己の命を懸けるか。

数千の将士を、数万の民を預かる家の主となっても、宗茂はどこか己に「忠義」の枷《かせ》をはめていたことに、今更ながら向き合わずにはいられなかった。立花道雪の血筋である誾千代の夫となることで、家に対して、また天下人に大して忠義を尽くすことが全てだと思い込んでいた。

そうではない。道雪も誾千代もそんなことは宗茂に望んでいなかった。道雪が命を懸けて貫いた立花家当主としての「節義」を曲げるな、という一点のみだったのだ。寺の庭が激しい雨に打たれて雫《しずく》が跳ねている。だが宗茂の心はもう揺るがない。

「わかっていたのはお前だ。俺は到底誾には及ばぬ。これより後、わが節は決して撓まず、屈すまいぞ……」

大徳寺の一隅で、彼は瞑目する。

味わったことのない困窮は、己の心を鍛える絶好の道場となった。

宗茂は前田利長《としなが》の十万石の誘いも蹴り、招きがあるまでじっと待った。そして本多《ほんだ》忠勝《ただかつ》の勧《すす》めで江戸に移ると、千石程度の御書院番頭、奥州棚倉《おうしゅうたなぐら》という僻地《へきち》の一万石でも一切不満を漏らさず、命を懸けて仕える相手は徳川家であると態度で示し続けた。

そして家康の死後、秀忠《ひでただ》の信任も深まった元和《げんな》六（一六二〇）年、ついに宗茂に柳川十三万石への帰還が許されたのである。関ヶ原で西軍につき、寝返らなかった武将としては稀有《けう》のことであった。その「節義」は家康をして、天下に隠れなきは立花宗茂が事よ、と称賛せしめ、将軍家第三代家光《いえみつ》に至るまで高く評されたという。

解説

細谷正充

第十八回日本ファンタジーノベル大賞を受賞した中華ファンタジー『僕僕《ぼくぼく》先生』をシリーズ化し、たちまち人気作家になった仁木英之《にきひでゆき》だが、ひとつのジャンルに固執《こしつ》することはなかった。溢《あふ》れんばかりの才能を爆発させるように、多彩な作品を発表しているのだ。その中のひとつに、本作を含む戦国小説がある。

本書『我、過《あやま》てり』は、二〇二〇年十二月に角川春樹《かどかわはるき》事務所より刊行された、書き下ろし作品を文庫化したものだ。単行本刊行時、私は「週刊朝日」の書評で本作を取り上げたが、その書き出しは、「テレビ朝日系列で放送されている番組に、『しくじり先生　俺みたいになるな!!』がある。主に芸能人が先生役になり、生徒役の人たちに、過去の自分の〝しくじり〟エピソードや、そこから得た教訓を語るという、教養バラエティーだ。仁木英之の短編集は、その戦国武将版である」というものであった。おそらくだが、本作の発想の元のひとつは、この番組にあったのではないか。作者は、戦国時代を見事に活写しながら、四人の武将のしくじりと、そこからの再起を、鮮やかに描いているのである。

冒頭の「独眼竜点睛《てんせい》を欠く」は、伊達《だて》政宗《まさむね》のしくじりを扱っている。豊臣秀吉《とよとみひでよし》が大名同士の私的な戦《いくさ》を禁じた「惣無事令《そうぶじれい》」を軽く見た政宗は、領地平定のための戦いを続けていた。しかし小田原《おだわら》攻めで対陣中の秀吉のもとに赴《おもむ》いた彼は、天下人の座を眼前にした者の巨大さを自分が理解せず、状況判断を誤っていたことに気づく。

世の中の動きから他人の気持ちまで、多くの人間は、自分に都合よく考えがちだ。政宗ほどの人物が、その陥穽《かんせい》に嵌《はま》ったのは、奥州《おうしゅう》の地ゆえの情報精度の甘さであろう。あるいは秀吉に関する、実際の空気に触れていなかったからか。ようやく、しくじりをリカバリーしようとする政宗を、独自のエピソードを交えて表現した筆致が鮮やかである。

続く「天敵」は、武田《たけだ》晴信《はるのぶ》（信玄《しんげん》）の侵攻を三度も退《しりぞ》けた村上義清《むらかみよしきよ》が、敗者となった理由を綴《つづ》っている。信濃惣大将《しなのそうだいしょう》の家を継《つ》ぎ、領地の静謐《せいひつ》のために戦ってきた義清。彼は晴信を撃退することで満足していた。だが、戦の結果がすべてだと思っている義清に対して、晴信は目的のための過程としている。成功体験に安心した義清は、戦の意味が変化したことが分からなかった。これが、彼のしくじりであった。

第三話「土竜《もぐら》の剣」の主人公は、薄田兼相《すすきだかねすけ》だ。講談の狒々《ひひ》退治で知られる、岩見重《いわみじゅう》太郎《たろう》は俗説で兼相と同一人物とされている。作者は、その講談や巷説《こうせつ》を巧《たく》みに使い、重太郎の行動を活写する。小早川隆景《こばやかわたかかげ》に仕《つか》えていた亡き父親から、「我らの剣は常に地の底に潜《もぐ》り、光を放ってはならん」と叩《たた》き込まれてきた重太郎。しかし彼は、光の当たる場所を求めるのだった。

重太郎のしくじりといえば、大坂《おおさか》の陣で、遊郭《ゆうかく》に行っている間に砦《とりで》を落とされてしまったことである。豊臣方の武将となり、浮かれたことが原因だ。本作では、その後の重太郎の言動を通じて、しくじりをした者の生き方を示している。ここが興味深い読みどころだ。

ラストの「撓《たわ》まず屈せず」は、豊臣秀吉から〝鎮西一〟と称《たた》えられた立花宗茂《たちばなむねしげ》の人生を見つめている。秀吉に忠義を尽くすことで、柳川《やながわ》の領地と立花家を守ろうとする宗茂。だが天下が豊臣から徳川《とくがわ》に移ると、すべてを失うのだった。

宗茂のしくじりは、自身の持つ〝義〟の本質を、いつの間にか誤解していたことにある。説明すると長くなるので省《はぶ》くが、物語を読むと、なるほどそういうことかと納得できた。ストーリーと絡めてテーマを際立たせた、作者の手腕が素晴らしい。

以上四話、すべて独立した短編として楽しめるようになっている。しかもフィクションだからこそ、すんなりと彼らの再起を受け入れられるのだ。個人的な話になるが、若い頃《ころ》の私は、年長者から「失敗してもやり直せる」「失敗が成長の糧《かて》になる」のような言葉を与えられても、説教臭さを感じてしまったものだ。今、成功しているから、そんなことがいえるのだろうと、心の中で反発していたのである。

だが、面白い物語ならば別だ。もし若い頃に本作を読んでも、四人のしくじりからの再起を、素直に受け止められただろう。夢中になってストーリーを追っているうちに、しくじりの根本的な原因が過信や思い込みであることを、自然と納得してしまうのだ。それこそがフィクションの力なのである。

もちろん、戦国時代と現代では、社会常識や共通概念の違いが多々ある。それでも戦国武将のしくじりから、得るものは大きい。長い人生、誰《だれ》にだって、しくじりの一つや二つは必ずある。だからこそ、しくじらないための知恵と、しくじった後の生き方を、本作から学びたいのだ。


（ほそや・まさみつ／文芸評論家）

本書は二〇二〇年十二月に小社より単行本として刊行されました。

時代小説文庫

に 12-1

我《われ》、過《あやま》てり

著者 仁《に》木《き》英《ひで》之《ゆき》

2023年5月18日第一刷発行

発行者 角川春樹

発行所 株式会社 角川春樹事務所

〒102-0074 東京都千代田区九段南2-1-30 イタリア文化会館

電話 03(3263)5247[編集] 03(3263)5881[営業]

印刷・製本 中央精版印刷株式会社

フォーマット・デザイン&シンボルマーク 芦澤泰偉

ISBN978-4-7584-4565-8 C0193

http://www.kadokawaharuki.co.jp/[営業]

fanmail@kadokawaharuki.co.jp[編集] ご意見・ご感想をお寄せください。

時代小説文庫

北方謙三

三国志 一の巻 天狼の星

時は、後漢末の中国。政が乱れ賊の蔓延《はびこ》る世に、信義を貫く者があった。姓は劉、名は備、字《あざな》は玄徳。その男と出会い、共に覇道を歩む決意をする関羽と張飛。黄巾賊が全土で蜂起するなか、劉備らはその闘いへ身を投じて行く。官軍として、黄巾軍討伐にあたる曹操。義勇兵に身を置き野望を馳せる孫堅。覇業を志す者たちが起ち、出会い、乱世に風を興す。激しくも哀切な興亡ドラマを雄渾華麗に謳いあげる、北方〈三国志〉第一巻。

（全13巻）

北方謙三

三国志 二の巻 参旗の星

繁栄を極めたかつての都は、焦土と化した。長安に遷都した董卓の暴虐は一層激しさを増していく。主の横暴をよそに、病に伏せる妻に痛心する呂布。その機に乗じ、政事への野望を目論む王允は、董卓の信頼厚い呂布と妻に姦計をめぐらす。一方、兗州を制し、百万の青州黄巾軍に僅か三万の兵で挑む曹操。父・孫堅の遺志を胸に秘め、覇業を目指す孫策。そして、関羽、張飛とともに予州で機を伺う劉備。秋《とき》の風が波瀾を起こす、北方〈三国志〉第二巻。

（全13巻）

北方謙三

史記 武帝紀 一

匈奴の侵攻に脅かされた前漢の時代。武帝劉徹《ぶていりゅうてつ》の寵愛を受ける衛子夫《えいしふ》の弟・衛青《えいせい》は、大長公主《だいちょうこうしゅ》（先帝の姉）の嫉妬により、屋敷に拉致され、拷問を受けていた。脱出の機会を窺っていた衛青は、仲間の助けを得て、巧みな作戦で八十人の兵をかわし、その場を切り抜ける。後日、屋敷からの脱出を帝に認められた衛青は、軍人として生きる道を与えられた。奴僕として生きてきた男に訪れた千載一遇の機会。匈奴との熾烈な戦いを宿命づけられた男は、時代に新たな風を起こす。

（全7巻）

北方謙三

史記 武帝紀 二

中国前漢の時代。若き武帝・劉徹は、匈奴の脅威に対し、侵攻することで活路を見出そうとしていた。戦果を挙げ、その武才を揮う衛青は、騎馬隊を率いて匈奴を撃ち破り、念願の河南を奪還することに成功する。一方、劉徹の命で西域を旅する張《ちょう》騫《けん》は、匈奴の地で囚われの身になっていた——。若き眼差しで国を旅する司馬遷《しばせん》。そして、類希なる武才で頭角を現わす霍去病《かくきょへい》。激動の時代が今、動きはじめる。北方版『史記』、待望の第二巻。

（全7巻）